Lya Luft | *Reunião de família*

Lya Luft | Reunião de família

14ª edição

EDITORA RECORD
RIO DE JANEIRO • SÃO PAULO
2004

CIP-Brasil. Catalogação-na-fonte
Sindicato Nacional dos Editores de Livros, RJ.

Luft, Lya, 1938-
L975r Reunião de família / Lya Luft. – 14ª ed. – Rio de
14ª ed. Janeiro: Record, 2004.

ISBN 85-01-06609-5

1. Romance brasileiro. I. Título.

CDD 869.93
03-2468 CDU 821.134.3(81)-3

Projeto de capa: Evelyn Grumach
Preparação da capa: Tatiana Podlubny
Projeto gráfico: Evelyn Grumach e Carolina Ferman
Ilustração de capa: pintura de Lena Bergstein

DISTRIBUIDORA RECORD DE SERVIÇOS DE IMPRENSA S.A.
Rua Argentina 171 • 20921-380 • Rio de Janeiro, RJ • Tel.: 2585-2000

Impresso no Brasil

PEDIDOS PELO REEMBOLSO POSTAL
Caixa Postal 23.052
Rio de Janeiro, RJ – 20922-970

Para
Susana
André
Eduardo,
prova de que família pode ser conforto,
estímulo, abrigo e raiz.

Sinto o medo do avesso

(Miguel Torga)

1

— Você acha que um dia a gente podia mandar colocar um espelho grande aqui na sala? — perguntei a meu marido antes de sair, remexendo na bolsa para conferir se pusera tudo ali, dinheiro, passagem de ônibus. Minhas mãos estavam frias.

— Espelho grande? Para quê? — Ele me encarou por cima dos óculos, baixou o jornal. Logo ia dormir a sesta, apenas esperava que eu saísse. Era tarde de sábado.

Parecia admirado; acho que nunca me vira ter idéias extravagantes, devia considerar aquilo uma extravagância.

— Nada — respondi, já arrependida. — Foi só bobagem minha, uma vez li que dá impressão de mais espaço. A sala é pequena...

— A sala é ótima assim. — Ele voltou a ler, ajeitou o jornal.

— Claro. Claro. Você tem razão...

Quando fui me aproximando da porta ele se levantou, me beijou no rosto, pediu que me cuidasse direito. Descendo os degraus da frente, ouvi-o fechar a porta. Então lembrei que esquecera de colocar perfume; mas não valia a pena voltar só por causa disso.

•

Agora estou quase chegando. A viagem de ônibus foi curta, não tive dificuldade em encontrar um táxi que me trouxesse da estação até a casa de meu pai. Fiquei um pouco atrapalhada porque quase nunca viajo.

Remexo a bolsa atulhada de coisas, não encontro aquele espelhinho que um dia pus aí dentro. Paciência. Devo estar com a cara de sempre.

Olhando no espelho do meu quarto esta manhã, pensei que era pequeno demais. Então, debruçando-me para ver melhor, porque ia viajar à tarde e queria estar bem, recordei aquele antigo jogo, de que geralmente nem me lembrava.

Parecia tão deslocado na minha vida de agora.

O jogo: do tempo em que eu não era uma pacata dona-de-casa com filhos criados, mas uma menina sem mãe; que inventava o jogo do espelho para ser menos infeliz.

A gente sentava na frente da outra menina e encarava: tão intensamente, com tamanho fervor e tanta vontade de a ver mudar, que a imagem aos poucos perdia seus contornos; ficava um borrão.

Por detrás do reflexo familiar ia-se formando outro alguém. De início, sorrateiro; depois, dominando tudo com seu poderoso olhar.

Seu nome também era: Alice.

•

Ela: o contrário de mim, meu reverso. Sempre à espera, por baixo da superfície. Livre para detestar tudo o que, aqui fora, eu era obrigada a aceitar.

Alice, a dividida: foi assim que me senti esta manhã, um pouco aborrecida por ter de viajar. Estreitei os olhos, avaliando detalhes deste rosto: mais um pouco, serão cinqüenta anos.

A essa altura, o pior passou: as dúvidas, as inquietações, encobertas pelas paradas águas da rotina. Sou apenas uma dona-de-casa, vida exclusivamente doméstica, marido e dois filhos que já são quase homens e nunca me deram preocupação.

Mas hoje sou obrigada a sair dessa concha: por um fim de semana, estarei na casa onde meu pai mora faz alguns anos, com minha irmã mais moça, Evelyn, e seu marido. Uma cidade próxima, uma hora de ônibus. Para que todo um fim de semana? Bastaria um encontro rápido, uma tarde talvez.

Não gosto de sair de casa; detesto viajar sozinha, e meu marido recusou-se a vir: afinal, disse, não era problema dele. Se eu quisesse poderia ir. Então resolvi aceitar, mas, como não estou habituada a tomar decisões, fiquei inquieta.

•

(Não estarei andando à beira do abismo, as úmidas asas movendo-se no casulo... O que aconteceria se eu aceitasse incondicionalmente os convites de Alice e me enfiasse com ela em seu caminho de tantos reflexos?)

•

Fácil conseguir o táxi, pegar o ônibus; mas qualquer coisa me abala.

Sei que é tolice minha. Aretusa, mulher de meu irmão, sempre me censura por ser tão acomodada, tão tímida, parece até que tenho medo de sair de casa, por isso visito tão pouco minha família.

Mas Aretusa é uma mulher emancipada; trabalha fora e não precisa do consentimento de meu irmão para nada; talvez Renato nem reclame, porque a maior parte do tempo é ela quem sustenta a casa. Ele apenas abaixa a cabeça quando a mulher o critica em público.

— Você tem de ir mesmo? — perguntou meu marido quando expliquei que Aretusa telefonara pedindo que eu passasse o fim de semana em casa de meu pai. Meu marido não gosta de Aretusa; acha que mulher não deve viajar sem o marido; fiquei aborrecida por ter de pedir.

— Evelyn está doente — respondi. — Muito doente, parece que é qualquer coisa mental. Não sei.

— Evelyn? — ele ergueu a sobrancelha. — Sua irmã é a mulher mais sensata que conheço...

— Eu sei, eu sei. Mas depois que Cristiano morreu...

Ele deu de ombros. Acho que compreendeu que ficaria mal eu não ir; no outro dia, chegou em casa com minha passagem.

Mas, sabendo que ele não estava satisfeito, fiquei ainda mais aborrecida; talvez por isso, olhando meu rosto detidamente esta manhã, fiquei assim inquieta. Quem é essa que me observa o dia todo, quando falo, como, trabalho, leio ou durmo?

Apenas o meu rosto familiar: rugas, carne um pouco flácida, ar cansado.

Mesmo assim, fiquei nervosa: quando saio da rotina é sempre isso, o estômago parece um vácuo, as mãos geladas e úmidas; essas mãos ásperas de trabalhar, cheirando a cozinha; incapazes da menor violência.

É apenas um fim de semana, não me canso de repetir. Mas tenho a sensação de que vou visitar um doente condenado cujo rosto macilento terei de beijar falando coisas banais, sem poder lhe anunciar a morte iminente. Sempre essa cumplicidade na mentira, quando o desejo seria dar o grande grito: quem somos afinal?

Sou uma mulher comum; dessas que lidam na cozinha, tiram poeira dos móveis, andam na rua com uma sacola de verduras, sofrem de varizes e às vezes de insônia.

Quando meus filhos eram pequenos, houve um tempo em que eu carregava uma sacola a mais: com restos de verduras para os dois porquinhos-da-índia que os meninos ganharam. Duraram pouco tempo aqueles bichinhos; nunca vi outros tão vorazes.

Acho que, faltando-lhes comida, eles se devorariam mutuamente.

•

Havia reprovação na voz de Aretusa quando comecei a procurar desculpas para não vir; e não pude recusar.

Logo o táxi vai entrar na rua onde meu pai mora. Não creio que volte a se mudar de lá; está velho. Antes, tinha mania de mudança. Mal nos acostumávamos com a casa, a escola, a cidade, íamos embora sem maiores explicações. Ele arranjava trabalho em outro colégio. Sempre inquieto, insatisfeito — como se alguma coisa o perseguisse, não lhe dando paz.

•

Tenho no colo a bolsa velha, a sacola junto do pé esquerdo, no chão do carro. Aretusa ia rir de mim se eu trouxesse mala só para duas noites, então enfiei numa sacola o pijama, a blusa limpa, o chinelo e alguns objetos.

Tive de deixar pronto o almoço de amanhã, porque meu marido só gosta da comida que eu preparo. Seria tão melhor estar em casa agora; sozinha na sala, lendo, porque é tarde de sábado; meu marido iria dormir a sesta e eu não teria muito que fazer.

Mas realmente temos de conversar sobre Evelyn; e há tantos meses não vejo meu pai, que está cada vez menos lúcido. Peço notícias pelo telefone, e Berta, a velha empregada, me contou que ele está começando a caducar. O duro e frio Professor agora é um velhote senil. Berta queixa-se de que a vida anda difícil, tendo de cuidar desse patrão impertinente; ainda mais com Evelyn tão deprimida. Minha irmã sempre foi uma dona-de-casa eficiente, controlando tudo, exigindo perfeição em cada detalhe.

Evelyn: a irmãzinha que deixei sob a tirania de nosso pai quando me casei tão cedo; mas ela nunca se queixava; era uma menina sossegada, parècia incapaz de emoções intensas.

Casou quase aos trinta anos; teve um filho; vendo o pai velho e adoentado, mesmo conhecendo seu gênio difícil, convenceu o marido a irem morar com ele. O Professor não gostava de criança mas Cristiano era comportado, e Evelyn o mantinha o mais possível longe do avô. Assim, conseguiram conviver.

Então a morte devorou Cristiano, e sua mãe não aceita isso. Fabrica um mundo ilusório — nele o menino continua vivo. Aretusa me contou isso, e me deixou assustada. Logo Evelyn, tão equilibrada... um pouco fria até. Com meu pai cada vez mais alheio, Bruno desnorteado pelo sofrimento da mulher e pela morte da criança, Aretusa achou melhor fazermos uma reunião.

Apenas um encontro de família: mas sinto-me como se estivesse à beira de um lago, um rio, mirando a superfície calma debaixo da qual se movem estranhas criaturas. Se as contemplar por mais tempo, ainda serei a mesma pessoa?

Eu brincava assim na meninice: de não ser eu. Não a coitada, filha daquele Professor a quem ninguém apreciava; mas outra Alice — poderosa, inconquistável.

•

(Tudo fantasia. Mais tarde habituei-me à minha vida doméstica e segura; fora dela fico desamparada como um bicho que, despido da casca, expõe um corpo viscoso e mole, onde qualquer caco de vidro no chão pode penetrar, liquidando essa vida rastejante.)

2

Estar com Aretusa também é um jogo: o jogo dos contrastes. Eu cheiro a cozinha; ela, a cigarro e jasmim. Somos amigas de infância, mas pouco temos em comum. Não posso imaginá-la vendo televisão à noite ao lado de um marido que lê jornal de pijama e chinelos.

Acho que ela não perde tempo prendendo botões, pensando na comida que vai preparar no dia seguinte, conversando com uma vizinha na calçada.

Tensa, conturbada: assim deve ser a vida dela e de meu irmão.

Nunca entendi esse casamento; eu nem poderia viver num ambiente tão carregado. Preciso de tudo ordenado e calmo. Vida se resolvendo nas pequenas lidas de cada hora; executar tarefas sensatas e úteis; saber que no fim do dia meu marido vai chegar, um homem quieto e pacato. E que, entrando em casa quase junto com ele, meus dois filhos me beijarão na testa, distraídos, dizendo: "Boa noite, velha."

Uma existência segura: Aretusa odiaria isso. Nem filhos ela quis, dizia que só davam problemas. Os meus não me trouxeram problemas maiores; e se têm lá suas complicações nunca me falam delas.

Aretusa também tem medo de envelhecer, mas com essas coisas não me importo. Não fiz drama com as primeiras rugas, os cabelos branqueando. Até uso roupa mais folgada, pois engordei.

Sofro de insônia, isso sim: nessas horas não consigo ficar deitada, o coração parece saltar pela garganta. Uma angústia o aperta como um bicho que, esmagado entre os dedos, começasse a se debater, esperneando enlouquecido... Então saio da cama, com cuidado para não acordar ninguém, e vou sentar na sala; leio ou penso.

Em geral tenho insônia depois daquele pesadelo que se repete: sou tragada por um comprido corredor em forma de funil; um furinho minúsculo lá no fundo me sugando. Se eu for engolida, não acordo nunca mais. Então resisto, sei que estou sendo devorada por castigo, mereço algum castigo por um erro que não lembro, mas não quero ir, não quero. Em toda parte, nas paredes desse corredor, rostos borrados me espreitam, rostos malignos num espelho embaciado.

Esquisitos esses meus pesadelos; talvez seja coisa da idade.

•

O táxi entra na rua onde meu pai mora; reconheço de longe a casa, tão despida sem a grande árvore que Bruno mandou cortar quando o menino morreu. Devia ser duro ouvi-la farfalhar ao vento; Cristiano adorava o balanço que o pai prendera no ramo mais forte.

Pensando no meu sobrinho morto, sinto um nó na garganta. Minhas mãos agarram a bolsa com mais força: a gente segura coisas banais querendo controlar a vida.

Sem querer, Cristiano me levou para um mundo atemorizante que sempre evitei: quartos de hospital. Gemidos, pessoas correndo na ponta dos pés, procurando não alarmar ninguém; mas têm de correr — a morte é um morcego veloz com asas de veludo, e pode chegar antes. Antes do quê?

•

Estou cansada: dormi mal; tive outro daqueles pesadelos com a boneca estranha, cara de velha, cara de múmia, um sonho que tenho desde menina. Dessa vez ela estava deitada num caixão de defunto, a barriga enorme.

E no sonho eu queria pegá-la no colo, chamava alto: mãe, mãe...

Não conheci minha mãe; pelo menos não me lembro dela. Morreu quando eu era pequena. Só tenho umas fotografias inexpressivas, aquela mocinha era minha mãe? Meu pai não quis guardar nem uma recordação dela, nem roupa nem cacho de cabelo nem anel. "Por que o senhor não guardou as coisas de minha mãe?", eu quis perguntar algumas vezes, mas não tive coragem. E como o Professor mudasse de casa seguidamente, sem levar sequer os móveis porque alugava tudo de estranhos, não há uma cadeira da qual se possa dizer: era a preferida dela.

Nem sepultura de mãe eu tenho para cuidar.

Mesmo Berta, a empregada, não sabe grande coisa sobre a patroa morta há tantos anos. Chegou em nossa casa pouco antes dela morrer, minha mãe vivia doente no quarto. Vinha um médico tirar água da barriga dela com uma agulha.

— Uma agulha deste tamanho — dizia Berta, ameaçadora, quando eu a aborrecia com perguntas.

Estranho esse obscurecimento na memória; quando ela morreu eu já tinha quatro anos; conheço gente que tem recordações até mais antigas. Talvez eu pudesse lembrar ao menos o enterro, mas não estive lá: fomos levados para a casa de uns vizinhos até tudo acabar.

Cresci sem mãe; sem avós; sem tias nem primas; nosso pai não era ligado à família, falava como se fosse sozinho no mundo. Nunca tive alguém perfumado e doce para me abraçar; para ajeitar meu cobertor na hora de dormir, ou contar histórias; para me dar conselhos. Nem para cuidar de Evelyn, que era um bebê quando nossa mãe morreu, e foi criada por Berta; ou para ajudar meu irmão Renato, que só levava surras de nosso pai.

Na verdade, por mais que fizéssemos, não conseguíamos agradar àquele homem, que estava sempre aborrecido conosco. E eu me sentia culpada; pensava: se fôssemos melhores, ele gostaria de nós?

O Professor não era um pai de verdade; desses que chegam em casa no fim do dia e a gente se alegra com sua presença; desses que pegam os filhos no colo ou os levam a passear.

Só beijávamos nosso pai no dia de seu aniversário.

Por sorte, casei-me com um homem menos exigente, que não é severo; apenas um pouco distante. Fico feliz quando noto que está contente comigo.

Todos chamavam meu pai de Professor. Às vezes também o tratávamos assim, e ele nunca reclamou. Nossa casa era a continuação da escola: deveres e castigos; medo de errar.

Eu detestava a escola.

•

Essas lembranças deixam meu coração apertado, enquanto o táxi estaciona junto da casa. Tudo parece tão vazio, sem a árvore de Cristiano.

Evelyn ainda não acredita nessa morte. Precisamos conseguir que ela encare a realidade e não fique agindo como se o menino não demorasse a voltar. Aretusa conta que agora é assim: minha irmã não diz claramente que Cristiano está vivo, mas age como se logo ele viesse correndo para ela, braços abertos como fazia, gritando: "Eu adoro a minha mãezinha, adoro a minha mãezinha." Ou como se ele estivesse na cozinha ajudando a "vó" Berta; a empregada o fazia chamá-la de avó. Ela e Evelyn eram pessoas pouco expansivas; mas com o menino mudavam completamente.

Evelyn julga-se culpada, o que torna essa morte ainda mais trágica.

Ela levava o menino de carro para a escola quando o acidente aconteceu. Chovia muito; talvez tenham derrapado; o carro bateu num poste e ficou destruído.

Evelyn não se machucou muito; mas Cristiano teve as duas pernas esmagadas.

Depois de alguns dias precisaram amputá-las, uma depois da outra, logo abaixo do quadril.

Restou apenas um pedaço de menino. Viveu ainda algumas semanas, mas não resistiu.

Era o único filho de Evelyn.

Para a mãe, continua vivo. Teremos o direito de querer que ela se cure, que entre na realidade de o ter perdido? Foi isso que um de meus filhos comentou ontem, no jantar, quando falamos em minha irmã. Achei estranho: eu nunca tinha pensado nisso. A realidade pode não ser o melhor, a normalidade pode não ser o preferível? Na hora fiquei sem resposta, olhei meu filho como se o visse pela primeira vez. Esse rapaz, agora um homem, que pari e amamentei, que nunca me deu problemas maiores, hoje me trata como se eu é que precisasse de apoio e orientação — assim como seu pai sempre me tratou.

Teremos o direito?, penso ao desembarcar do táxi. E, ainda firmando o pé, levanto os olhos para a casa. Diretamente para a janela do quarto do menino; ali ele me esperava nas minhas raras visitas. Acenava de longe, chamando meu nome.

Sinto os olhos úmidos. De repente, levo um susto: por trás da vidraça, um rosto. Nitidamente um rosto que me encara. Não pode ser Evelyn: é um rosto pequeno demais. E me observa.

Seguro melhor a sacola, a bolsa apertada debaixo do braço. Vou tocar a campainha sem olhar mais para cima, mas meu coração está aos saltos.

Estou impressionável desde que o menino morreu. Agora, pensando em minha casa, de que não devia ter-me afastado, sinto-me tão alheia a eles como se fossem irreais; não passam de figurinhas correndo longe; tento chamar, mas já não me ouvem.

Tenho essa sensação de estranheza e isolamento quando sofro de insônia; parece que vou sair de um casulo, passando por um furinho estreito onde sufoco, e nascer assumindo a existência flutuante de um reflexo no espelho.

Essa manhã, tudo o que vi no espelho pequeno do quarto foi uma mulher de pálpebras empapuçadas. Nada de interessante.

•

(As imagens que me rodeiam, essas sólidas coisas familiares: o que ocultarão de mais secreto? Certa vez li que a terra é cortada por subterrâneos e cavernas, lá no fundo escuro. Talvez tudo seja assim: pleno das pulsações de uma vida que não se vê.

Como olhos que nos miram tranqüilamente, anos a fio; e de repente sabemos: aí, aí está o perigo.)

3

Não é Berta quem vem abrir a porta; é Aretusa, que chegou antes de mim.

"Aretusa-Medusa", gritam as meninas na calçada da memória. O nome esquisito lhe valera o apelido rimado. Talvez fosse também o cabelo, muito preto, sempre solto em caracóis que se mexiam feito cobrinhas, que hoje pinta com a mesma cor de antigamente.

Aretusa-Medusa: a menina levada, a adolescente desinibida de quem falavam mal na cidade onde moramos juntas bastante tempo. Quem diria que mais tarde seria a mulher de meu irmão?

Aretusa-Medusa, que inventava brinquedos malucos; não tinha medo de ninguém, nem de meu pai; criada pela mãe de cabelo oxigenado e cigarro na boca, que fora abandonada pelo marido e, diziam, andava com muitos homens.

Aretusa-Medusa, a adolescente que se deixava agarrar pelos rapazes da escola e dormiu com o namorado quando eu mal sonhava ser beijada.

Abre a porta agora; a boca sensual sempre ri mais do que os olhos. Gosto dela, embora hoje nos vejamos muito menos.

Temos tido discussões, porque reprovo a maneira como trata meu irmão. Muitas vezes ela concorda, promete emendar-se, mas não acredito que isso dependa dela.

Eu a defendia quando éramos meninas e as colegas a criticavam; deixei-a dormir em meu quarto muitas noites, quando sua mãe não voltava para casa, e Aretusa sentia medo de ficar sozinha; Berta era minha cúmplice, acolhia-a escondido do Professor, que parecia detestar essa minha amiga; certamente me daria uns tapas se soubesse que eu deixava aquela "menina tão livre" dormir em nossa casa.

Agora ela me abraça contra seu corpo grande e quente. Depois me afasta um pouco, segura meus ombros, me avalia com os olhos apertados por causa da fumaça do cigarro que mantém entre os lábios, mesmo quando fala, como um homem. Não aprova muito o que vê:

— Você engordou — diz e me abraça outra vez, aroma de cigarro e jasmim; o cheiro de Aretusa.

Constrange-me sentir-lhe os seios pontudos. Quando mocinha, ela tinha a mania de nos mostrar as pernas, os seios grandes de mamilos escuros e bicos saltados, como se estivesse sempre excitada.

Um dia pintou de louro os pêlos do sexo; levantava a saia para eu ver, ria do meu espanto. Não usava nada por baixo, dizia que assim era muito mais divertido.

Durante algum tempo também insistiu em me agarrar, queria mostrar como os namorados faziam com ela. Mas eu me assustava, mandava que saísse do quarto. Ela saía, rindo; botava a língua, me chamava de santinha, Santa Alice.

Ainda no corredor se ouviam suas risadas.

Certamente esta noite vai me procurar para falar de Renato, a quem ama e atormenta; que é apaixonado por ela e a odeia; uma confusão de emoções que nem eles devem entender.

Ou talvez me fale de Corália, a morta-viva. Aretusa carrega essa culpa há muitos anos; não creio que jamais se livre dela. Talvez precise sofrer e fazer os outros sofrerem só para manter apaziguado esse espectro.

Corália: a adolescente que se apaixonou pela professora. Aretusa alimentou o amor da aluna, sem saber que alimentava a sua morte. Depois afastou-se brutalmente da menina, achando que assim evitaria prejudicá-la — e a destruiu. Pobre Aretusa.

Fico perturbada quando penso em Corália. Esforço-me por mostrar uma cara natural, enquanto minha cunhada pega a sacola que eu trouxe, passa o braço no meu ombro e me leva para dentro da casa escura e úmida.

Quando desculpo meu marido por não ter vindo, dizendo que trabalha demais, traz serviço para fazer em casa no fim de semana, ela conta com desprezo que Renato também não virá:

— Mas não é por trabalhar demais, você sabe... — Depois dá risada. Ela ri alto, fala alto; para disfarçar o coração cansado e gasto.

•

Ficaremos juntas no quarto que era a sala de brinquedos e estudo de Cristiano. Suas coisas ainda estão aqui, os brinquedos numa prateleira, os livros e cadernos fechados na gaveta. O silêncio vivo dos objetos de um menino morto. Este ainda é seu lugar.

Espio da janela que dá para o pátio:

— Uma pena Bruno ter mandado cortar a árvore — comento. — Um álamo tão bonito!

Eu estava aqui quando o cortaram. Fiquei uns dias para ajudar minha irmã, mas logo tive de voltar para casa. Cheguei a ver os homens desmembrando a árvore como se esquartejassem uma pessoa. No fim sobrou apenas o tronco, cortado rente ao chão; um toco circular, bem no meio do pátio. Difícil arrancar o resto, por causa das raízes. Deixaram para mais tarde.

— Teriam de tirar quase todas as lajes e abrir um buraco enorme — explica Aretusa às minhas costas. — E por enquanto ninguém aqui tem cabeça para pensar nesse problema.

As raízes levantaram as lajes em muitos lugares; da última vez em que estive aqui ainda não se notava. Agora, desde que não têm o tronco para alimentar, parece que criaram força dobrada: expelem brotinhos de álamo que passam espremidos por qualquer fenda.

Já se vêem árvores diminutas sacudindo folhas desproporcionalmente grandes rente ao chão. Um câncer vegetal, roendo as profundezas ignoradas; logo invadirá a casa.

Berta aparece lá embaixo: uma velhota meio encurvada, lenço na cabeça. Olha para cima, quando me vê, grita meu nome como se eu fosse surda. Respondo que já vou descer. Ela se abaixa, examina as lajes; gesticula contrariada e começa a catar no chão.

Mesmo daqui noto que envelheceu; cara murcha. Lembro do rostinho que me observava por trás da vidraça quando desci do táxi. Pergunto:

— Aretusa, vai dormir alguém no quarto do menino?

— Não. Evelyn conserva tudo como quando ele era vivo. Todo dia arruma as roupas sobre a cama, depois guarda; mais tarde, tira outra vez...

Não posso entender minha irmã fazendo coisas tão estranhas. E havia alguém na janela.

Insisto:

— Mas eu vi quando cheguei. Tinha uma pessoa lá, eu vi. Uma criança, um rosto pequeno, e me examinava.

Aretusa franze as sobrancelhas espessas, aumenta o vinco na testa, depois parece lembrar:

— Só pode ter sido aquele boneco horroroso. O Palhaço, você sabe, que Cristiano não queria largar. Sua irmã agora vive agarrada com ele, Alice. Leva aonde vai. Temos de conseguir que ponha essa coisa no lixo.

Recordo-me do boneco: um grande palhaço de pano, olhos pretos de botão, cabeça de lã vermelha, chapeuzinho ridículo. Cristiano não se esquecia dele, nem quando a morte rondava; ela já roçava as asas pretas na porta, e o menino queria o boneco. Evelyn inventou então de sentar o Palhaço na janela:

— Agora ele fica espiando a rua e vai lhe contar tudo o que acontece por lá.

Aretusa senta na sua cama e fica olhando enquanto guardo minhas poucas coisas:

— Tudo aqui está esquisito demais desde que o menino morreu — suspira.

— Morte é coisa muito triste. Morte de criança mais ainda — digo. Estou dobrando o pijama sobre o travesseiro. — Também estranhei, até o cheiro da casa mudou, tem cheiro de umidade, mofo. Tudo fechado, tudo escuro. Berta nunca foi muito caprichosa, e Evelyn de certo não a controla mais.

— Sua irmã anda bem doente — comenta Aretusa, com ar de pena. — Bruno insistiu tanto ao telefone para eu vir. Ele não ajuda muito, é tão apaixonado pela mulher que só pensa num jeito de não a fazer sofrer mais. E agora deixa que ela fale cada bobagem... Sabe, Alice, acho que sua irmã ainda não compreendeu que o menino está morto.

— Não pode ser. Não parece coisa saudável — digo, levantando os olhos; estou ajoelhada guardando os chinelos embaixo da cama; devia ter comprado um par novo.

— Não é normal, não — concorda ela, balançando a cabeça.

Normal... Num lampejo, diviso uma cabeça branca, olhar pasmado, pescoço mole... O que é normal? Corália, penso. Aquilo foi normal?

Mudo de assunto:

— Eles deviam ir para um apartamento, com papai e Berta. O aluguel seria o mesmo. Casa só é bom quando tem criança.

Aretusa acende outro cigarro, ainda não parou de fumar. Joga o cabelo para trás, num gesto impaciente, característico seu. As cobrinhas pretas se alvoroçam.

— De manhã quando cheguei levei um tombo — queixa-se. — Tropecei num carrinho de plástico na sala. Faz meses que o menino morreu e as coisas dele continuam aparecendo num canto ou outro da casa.

Aretusa meneia a cabeça em reprovação:

— Imagine, Alice, quando fui ver Evelyn ela estava com aquele boneco no colo. Parece que quase nunca o larga. E Bruno me contou que às vezes ela diz que Cristiano passou a noite com os pés gelados.

O coração virou chumbo, sento-me na cama:

— Não pode ser... O que vamos fazer agora?

Aretusa vai debruçar-se na janela.

— O que vamos fazer? — insisto. — O que você faria se fosse irmã dela?

Minha cunhada vira-se para mim; a claridade de fora põe um halo na sua cabeleira.

— Não sei — diz num tom dolorido. — Não sei lidar direito com as pessoas, não sei ajudar... Você sabe disso.

Sim, eu sei. Quando aconteceu aquilo com a aluna, Aretusa repetiu muitas vezes: "Só prejudico as pessoas que se aproximam de mim." Tive muita pena. Medusa, transformando em pedra os que a amam?

Desejo confortá-la, mas não sei como.

Não digo nada. Prefiro não entrar em assuntos íntimos. As confidências de Aretusa sempre me perturbam, desde menina eu as achava inquietantes. E ela gosta de me contar segredos, falar de seus sofrimentos.

Fico sentada na cama, entorpecida, sonolenta; a viagem foi curta, mas me cansou. Estou desligada de tudo que é sólido e real, minha vida cotidiana, alguma vez tive esse paraíso?

Pergunto se ela já viu meu pai.

— Claro. Logo que cheguei de manhã. E você sabe que venho vê-los seguidamente. — Haveria uma censura mal disfarçada em suas palavras? Ela continua, voltando-se outra vez para fora: — Agora deu para pedir comida no quarto, não quer mais descer. Berta reclama, mas leva. E ele fica lá, sozinho com seus bichos.

Calafrio. Por que não fiquei em casa?

Os bichos... Faz tempo que anda com essa mania; começou dizendo que escutava um zumbido; no começo não se deu muita atenção. Nosso pai, que fora dominador, fiscalizando constantemente a vida dos outros, perdia a força; recolhia-se cada vez mais em si mesmo; nem com o neto parecia abrir o coração. Um velho ressequido e triste. Mas aquelas queixas foram-se repetindo, zumbidos e dor, muita dor no ouvido. O médico receitou qualquer coisa; problemas de circulação, a idade.

O Professor começou então a dizer que tinha insetos no ouvido, um ninho de insetos.

Aretusa me contara isso num telefonema; depois Bruno também tinha falado, mas não levei muito a sério, gente velha tem suas manias. Ele continuava falando em bichos.

Pergunto se Evelyn come direito.

— Feito um passarinho — Aretusa responde com o rosto fora da janela, palavras esgarçadas. — Logo vai acordar e você fala com ela. Mas não se assuste; Evelyn mudou muito. Envelheceu do dia para a noite.

Imagino minha irmã transformada numa boneca com cara de múmia, murcha, mas a barrigona enorme; carrega ali o filho para não o perder mais.

Aretusa se afasta da janela e diz com ar aborrecido:

— Aquela árvore também não quer morrer.

4

Aretusa sai do quarto, vai telefonar e saber se o marido amado-odiado não quer mesmo vir.

Deito na cama precária. Tudo falso aqui; tudo insuficiente.

Imagino meu pai divagando em sua poltrona, cobertor sobre as pernas, crânio quase raspado, sempre usou o cabelo assim cortado bem rente; perfil de águia; cabeça entortada, à escuta.

Esse pérfido mal que o ataca foi-se instalando devagar; agora ele acha que tem um ninho de insetos no ouvido. Está caduco. Também me contaram que se posta no alto da escada e chama nossa mãe, essa de quem até esqueço o nome. Mas a morta não responde, e ele volta para o quarto, resmungando.

Quando fiquei noiva, tentava imaginar como teria sido o casamento de meus pais, uma idéia tão estranha, tão longínqua. Eles teriam-se amado? Nos braços da mulher o Professor seria mais humano? Berta me dissera que minha mãe se casara muito jovem, e mesmo perto de morrer parecia uma adolescente. Como teria vivido com aquele marido severo? Ou ele só mudara depois dessa morte?

Eu procurava no rosto magro e vincado de meu pai, nos olhos pálidos: só encontrava gelo. A boca comprimida quase nem tinha lábios. Boca de fanático.

Renato, sim, devia saber alguma coisa sobre nossa mãe, mas recusava-se a falar. "E o enterro? Como foi o enterro da nossa mãe?", eu perguntava. Nem isso ele queria dizer, afirmava ter sido levado conosco para a casa de uns vizinhos, não tinha visto nada. Renato queria guardar só para si qualquer lembrança: pobre tesouro.

Ninguém nos falava em nossa mãe, era como se tivéssemos nascido sem ela; desenraizados. Nossa família era então um espelho sem moldura. Inconsistente: um toque mais brusco, tudo se estilhaçava.

•

Quando pequena eu achava natural não ter mãe; por alguns anos, bastou-me saber que fora boa e bonita, adoecera e tivera de nos deixar. Mas na adolescência sofri com essa privação; imaginava que, viva, minha mãe resolveria todos os meus problemas e desmancharia todas as minhas angústias. Minhas amigas tinham mães; para mim sobrara apenas Berta: uma moça da colônia, forte e despachada, mas que nada entendia de minha carência de afeto, e pensava resolver todos os problemas com uma boa risada.

Lembro dela quando moça, braços musculosos enfiados num tanque de roupa, lavando, esfregando, pendurando roupas no varal, pernas fincadas no chão; cara sardenta enrugada ao sol. Falando mal de nosso pai às suas costas, porque ele a tratava com severidade e mesquinhez, concedendo-lhe poucas folgas, reclamando de tudo, pagando com atraso e sempre menos do que tinham combinado.

Muitas vezes ela ameaçou ir embora, e eu me angustiava, quem se interessaria por nós se ela nos deixasse? Naquele tempo carregava comigo uma fotografia de minha mãe; dormia com ela debaixo do travesseiro; beijava-a; chorava seguidamente, sem maior razão, e me sentia muito infeliz. Evelyn era mais moça, não parecia entender minha tristeza.

Havia a Alice do espelho: também não tinha mãe, nem precisava dela; na verdade, não nascera — era eterna na sua disponibilidade, flutuava naquele mundo polido, era um brilho de liberdade. Alada Alice.

Com os anos, a dor da orfandade passou; vivi longos períodos sem sequer lembrar de minha mãe; aos dezoito anos casei e fui construir a minha vida com aquele que fora meu primeiro namorado. Um rapaz quieto e bondoso, muito menos severo e exigente do que meu pai. Desisti dos planos de estudar, resolvi ser uma boa dona-de-casa.

Mas nunca deixei de ter medo de meu pai. Acho que todos nesta casa sentimos isso. A um gesto seu, mais brusco, afastamos instintivamente a cabeça, como para fugir dos tapas de antigamente. Pois apanhávamos até na frente de nossos amigos, por isso não gostávamos de levá-los para nossa casa; sentíamos vergonha.

Renato comentou comigo que ainda hoje, sempre que comete um erro, tem medo de ser castigado pelo pai.

Nossos castigos eram freqüentes e cruéis: tapas, surras, horas sentados quietos sem licença de levantar nem para beber água. Podíamos ler, mas Renato e Evelyn não gostavam de livros; eu me refugiava na leitura, escapava para um tipo de liberdade que certamente meu pai nem adivinhava, ou me teria privado disso também.

Evelyn e eu fomos menos castigadas do que Renato; ele era a vítima preferida do Professor. Um menino feioso, dentuço, infeliz.

— Por que o pai tem tanta raiva da gente? — soluçou mais de uma vez depois de levar uma surra.

Um dia Berta queixou-se de que, talvez por descuido, Renato urinava fora do vaso, sujando o chão do banheiro. Nosso pai mandou chamá-lo; ele veio, cabeça baixa, andando de lado, num jeito muito seu. Punhos cerrados; o Professor teria notado aqueles nós dos dedos, tão brancos?

O pai pegou Renato pela gola da camisa, quase o arrastou até o banheiro, enquanto o chamava de "porco, porco sujo, animal". Berta e eu fomos atrás para ver. Eu sentia um misto de piedade e uma alegria cheia de culpa: ao menos dessa vez não era comigo.

No banheiro Renato foi obrigado a se ajoelhar; achei grotesco alguém pedir perdão de joelhos por urinar fora do vaso. Mas meu pai ordenou:

— Sujou? Agora limpe com a língua!

Se ele costumasse brincar conosco, eu teria pensado que era brincadeira. Mas não. Berta murmurou qualquer coisa ao meu lado, e Renato gritou com voz estrangulada que "não, isso não!"

O pai então pressionou-o com a mão poderosa e ossuda até esfregar o seu rosto no chão.

Depois largou-o e deu-lhe um tapa.

Nunca mais Berta delatou nossas faltas; tornou-se cada vez mais dissimulada e mentirosa, como nós.

Assim nos livrávamos daqueles tormentos: mentindo, fingindo. Em presença do Professor até andávamos encolhidos, procurando não ser notados. Mas quando ele não estava, às vezes parecíamos demônios, gritando, saltando, dizendo palavrões, sem motivo aparente. Berta fingia não ver: tinha pena de nós. Ou era sua maneira de vingar-se do patrão?

Como nosso pai, tínhamos poucos amigos; nunca pude aceitar convite de amigas para dormir ou comer em suas casas; nas poucas vezes em que pedi, meu pai respondeu com muita lógica:

— Se você aceitar, terá de retribuir, e não quero estranhos comendo em minha mesa ou dormindo em minha casa.

•

Talvez essa vida tão estreita tenha desencadeado minhas fantasias. Nessa dimensão eu realmente podia viver: a do sonho. Nela movia asas secretas; era eu mesma, sem medo de ser ridicularizada, castigada a toda hora; assim me salvava de ressecar completamente.

Muitas vezes, sozinha ou de castigo, se havia um espelho perto eu ficava analisando minha imagem: uma menina sem graça, roliça, pesadona.

Mas tudo mudava no jogo dos reflexos: a gente sentava diante da outra e olhava... intensamente, com tamanho fervor, olhava e dizia: "Você é má, é louca, é suja, você mente... por isso está sempre de castigo, por isso leva esses tapas, por isso ninguém gosta de você."

Aos poucos ela se transformava, era espantoso como se transformava: arqueava de outro modo o sorriso, o olhar destilava malícia e ousadia, o rosto assumia beleza, era um desafio.

Eu era ela. Eu era a outra, aquela que irresistivelmente me puxava para seu mundo sedutor.

Como nos livros, eu fazia a assustadora e deliciosa passagem de uma realidade a outra, sem saber onde o concreto, onde a fantasia. Ali estava a liberdade. Era o poder. Meu lado avesso, esconjurado, começava a ser o legítimo. E muito mais feliz.

Algumas vezes desejei contar a Aretusa o meu segredo, mas acabava não contando.

Mais tarde me acomodei na vida; casada, sossegada, marido e filhos para cuidar, o serviço doméstico e a rotina, tanto trabalho, esqueci o jogo; não precisei mais dele.

Ou tinha esquecido qual o segredo de jogar com espelhos?

Mas ultimamente tenho pensado em pôr um espelho grande na sala.

•

Continuo estendida na cama, sonolenta, escutando o vento na árvore do pátio. De repente um sobressalto: mas a árvore foi cortada há meses. É apenas a voz da lembrança; ou meu desejo de que o álamo continuasse ali.

•

Aretusa abre a porta, diz, ainda na soleira:

— Não adianta! Seu irmão não deve estar em casa, e a velha não atende o telefone. Desisto. O idiota não vem mesmo.

A "velha" é sua mãe; o "idiota" é Renato.

De repente isso me irrita: por que Aretusa sempre trata as pessoas com desprezo?

— Não fale assim de seu marido — reclamo.— Você o conhecia desde rapazinho, sabia como ele era tímido, infeliz. Nunca lhe contei do dia em que nosso pai o obrigou a lamber o chão urinado do banheiro? Uma pessoa como Renato precisa de carinho, de estímulo, mas você só o humilha o tempo todo!

Aretusa tem reações inesperadas; é capaz de insultar alguém e momentos depois pedir perdão sinceramente. Agora senta na cama, cobre o rosto com as mãos como se fosse chorar. Tenho pena dela; ela tem pena de Renato; talvez se esforce, mas não consegue mudar, não consegue ser bondosa com ele: o olho de Corália não desgruda, vigilante.

Levanto-me, vou até ela, passo a mão no seu cabelo, peço que me desculpe. Estou nervosa; e arrependida de ter vindo, penso. Ainda nem enfrentei meu pai: o velho Rasputin. Renato deu-lhe esse apelido, ele e os colegas tratavam nosso pai por esse nome. "O velho é um Rasputin", disse meu irmão, mostrando uma fotografia num livro. Achei parecidos os olhos: lâminas frias furando a alma da gente, encontrando o menor grão de sujeira.

Eu mentia e mentia para escapar; tapava uma mentira com outra, no fim já não sabia onde ficava a verdade, naquela trama de medos.

Às vezes ele nos castigava por faltas que já tínhamos esquecido. Mais de uma ocasião apanhei à noite por um erro cometido de manhã; ou na véspera. Com a memória curta das crianças, levava surras por algo que já não lembrava ou de que não tinha certeza. De modo que me sentia constantemente merecedora de punição, pois não acreditava que, sendo meu pai, ele me batesse só por maldade.

Na escola o Professor não era estimado por alunos ou colegas. Preferia não dar aulas mas cuidar da disciplina: vigiar recreios, fiscalizar corredores, inspecionar as salas. O rancor dos alunos recaía também sobre nós; mais de uma vez cometi faltas deliberadas na escola, para ser punida e me sentir mais bem aceita pelos colegas.

Um ou outro pai mais liberal queixava-se à direção por causa do Professor tão radical, tão exigente; meu pai então se julgava injustiçado e descarregava em casa sua amargura. Tornava-se mais difícil ainda conviver com ele.

Disfarçadamente eu o examinava: olhar frio, boca cerrada, passo duro. A vida disciplinada, a solidão. Portava-se constantemente como uma sentinela em serviço. Não parecia fazer questão de aproximar-se de ninguém. Um cacto: ferindo-se nos próprios espinhos, sangrando para dentro, afastando quem o quisesse amar.

5

"Velho Rasputin", penso, abrindo a porta do seu quarto depois que ele me manda entrar, quase num grito. Está como eu imaginava: cobertor sobre os joelhos, mão na bengala que ultimamente tem de usar.

Defrontamo-nos por um momento. Mais uma vez sinto o desconforto de estar em sua presença: esse olhar que não me ama, não me compreende. Ele me analisa, avalia. Nariz adunco, pálpebras murchas. Um velho pássaro doente. Mas ainda sabe ser alerta, vai perguntar se tirei nota ruim em matemática?

Não sorri quando me vê; faz um gesto cansado para que me aproxime. Logo indaga:

— E os filhos?

— Não puderam vir, pai. O senhor sabe como é, só nos fins de semana têm tempo para se divertir, descansar.

Ele parece desinteressar-se na mesma hora. Os netos nunca lhe significaram nada. Quando eram pequenos, tentei aproximá-los do avô. Mas tinham medo dele; fugiam daquele eterno fiscal, controlador dos seus atos e brinquedos.

E quando íamos embora outra vez, ele só tinha queixas: que os meninos não gostavam dele; não o respeitavam; não sabiam nem cumprimentá-lo com educação; eram sujos e barulhentos.

O fim dessas rápidas visitas era um alívio para todos, e acabamos não procurando mais fingir laços de afeto.

•

Sentada na beira da poltrona, componho a máscara adequada. Falamos algumas coisas formais, meu pai e eu. O que temos a nos dizer nunca foi pronunciado: seriam apenas acusações recíprocas. Por isso, cada vez que estamos juntos ansiamos pela hora da despedida. Que alívio não ter mais de representar.

Era assim também no tempo em que eu ainda morava com ele. Só quando ele não estava em casa respirávamos direito. Mas era cada vez mais difícil abandonar uma postura rígida. Éramos destreinados na ternura: nosso único exercício eram os ásperos carinhos de Berta, braços fortes mais eficientes do que o coração.

Nossa preocupação maior nem era amar: era fugir dos castigos. Para isso usávamos de hipocrisia e traição. Com facilidade jogávamos uns nos outros a culpa por qualquer falta.

Cada um de nós traía seu irmão, sentindo-se a um tempo culpado e justificado: a impotência nos desculpava. Proteger o outro trazia humilhação. Logo, não podíamos ser leais.

•

Meu pai está lúcido agora. Seu olhar me analisa: o que terá procurado em mim a vida inteira sem encontrar, eternamente decepcionado com o que vê?

Hoje ele assumiu uma postura relaxada que em outros tempos não se permitiria; cheira a urina; a roupa está desalinhada e encardida.

Falamos em Evelyn: demonstro minha preocupação, mas ele não reage. Não se comove. Ao contrário, parece irritado com ela, por não saber se controlar. E diz com fria desaprovação:

— Ela nem vai ao cemitério, não foi uma só vez. Não fica nada bem, a mãe não cuidar da sepultura do filho. Bruno podia obrigá-la a ir, mas você sabe como ele é condescendente.

"Não fica bem": era essa a sentença que regulava nossas vidas antigamente. O que as outras pessoas pensariam de nós, a família do Professor?

— Eu *me lixo* para o que os outros pensam! — gritou Renato um dia, numa discussão com o pai. Eu não discutia, mas acabei sentindo que o mundo era feito de dois lados inimigos: nós, e os outros que nos controlavam.

— O senhor melhorou daquele zumbido que incomodava tanto? — pergunto para ser gentil, mas logo me arrependo: crueldade fazê-lo pensar nesse problema. Ele responde que anda pior, bem pior. Tem insetos no ouvido, agora está certo disso.

— Mas, pai, se fossem insetos o médico haveria de ver e poderia tirar. — Tenho medo ou pena dele?

O Professor me encara como se eu fosse uma aluna ignorante e responde:

— *São* insetos. Insetos *daninhos*.

Falo depressa em outras coisas, meus filhos, minha casa. Mas de repente ele se mostra desinteressado; segue seus tortuosos pensamentos. Logo ergue a mão, quer silêncio, entorta um pouco a cabeça. E comenta com expressão de dor:

— Agora estão começando a *se mexer*...

Entendo que ele se meteu por uma fresta escura que o engole cada vez mais freqüentemente. Antes de morrer, já se sente invadido por bichos.

Aos poucos fica mais inquieto, pede que eu chame a empregada; é dos serviços dela que precisa, não do meu afeto.

Aliviada, saio à procura de Berta, que encontro na cozinha. O lugar cheira a gordura. Estamos quase no fim da tarde mas os pratos do almoço continuam empilhados na pia.

Abraço-a rapidamente, ela parece cada vez menor, mais murcha, mais velha. Não tem pressa em atender o patrão; pergunta pelo meu marido, pelos meninos; vistos daqui, desta casa, eles me parecem estranhos — como se nem tivessem nome, ou os nomes não importassem mais.

Enquanto a empregada sobe os degraus de má vontade, encosto-me na pia. Por que ela terá ficado com nossa família tantos anos, praticamente a vida inteira?

Nunca foi amada nesta casa; procurávamos nela a imagem ideal de nossa mãe, talvez tenha sido isso — mas Berta não preenchia os requisitos. Era uma presença rude e positiva, não um fantasma carinhoso. Só a bajulávamos quando precisávamos dela; quando estávamos doentes; ou se queríamos ocultar do Professor alguma falta. Nosso pai às vezes lhe dava presentes de Natal: objetos baratos, que ela pegava sem agradecer.

— Viram como é ingrata? — dizia ele depois.

•

Saio da cozinha para o pequeno pátio limitado pelos muros de outras casas antigas e modestas. Sento num banco que oscila, o chão está todo em desnível, várias lajes levantadas pelas raízes do álamo decepado.

“É só uma velha casa”, digo a mim mesma, aborrecida por me sentir tão inquieta e triste aqui. Uma velha casa, um velho pai, uma velha empregada: que tem isso de mais?

Mas essa velhice me deprime: sem sabedoria, sem paz. E por todos os cantos a lembrança de Cristiano. Perto da árvore ficava a gaiola grande com os dois porquinhos-da-índia que lhe dei.

Meus filhos também tiveram dois, quando pequenos; iguais ao que eu tive na infância e que tratei com carinhos de mãe.

Berta deve ter dado sumiço nos de Cristiano.

De repente, no espelho da memória sou uma criança sem mãe, que ganhou seu único animal de estimação: um porquinho-da-índia. Não lembro quem o deu, mas estava ali. À revelia de meu pai, que detestava bichos. Até o canário de uma vizinha o irritava tanto que ele fechava a janela com estrondo quando o passarinho começava a cantar.

Por algum tempo consegui esconder o porquinho-da-índia com a ajuda de Berta. Quando afinal o Professor o descobriu, mentimos que era dela; prometemos que jamais entraria em casa; que só comeria restos de verduras velhas.

Mantivemos a palavra; quando meu pai saía, eu pegava o bichinho, apertava meu rosto no corpo quente e macio, tinha acessos de ternura; queria gritar de amor. Fazia camas de jornal para ele; acabavam sempre num montinho de rendas, pois o bicho roía tudo com os dentes incansáveis.

Nele eu queria soltar toda a minha ternura contida, que não se saciava no seco beijo no aniversário de meu pai, nos desajeitados abraços de Berta, ou mais tarde, nos agarramentos de Aretusa.

Um dia o bichinho escapou e entrou em casa; na sala achou um jornal que o Professor deixara dobrado no chão para ler mais tarde. Quando foi encontrado, o jornal não passava de uma caprichada filigrana.

Levei uma surra. Rastejei por baixo das cadeiras da sala, que meu pai ia afastando enquanto com a outra mão vibrava a cinta. O mais duro não foi apanhar; foi saber que não havia como salvar meu bichinho de estimação.

Depois fui levada até o pátio, cega de dor, meu pai me puxando pelos cabelos. Mandou que eu tirasse da gaiola o "animal nojento". Obedeci: o medo era maior que o amor.

Mas meu pai não mandou Berta dar meu porquinho-da-índia ao padeiro, ao verdureiro, ao menino que pedia esmola. Colocou-o no chão; segurou sua cabecinha; e com toda a força pisou no ventre macio. Um corpo tão pequeno podia espirrar tanto sangue?

Até hoje o guincho do animal fura meu cérebro quando penso nisso. Um único guincho, que morreu gorgolejante enquanto o Professor torcia o pé para esmagar melhor.

E eu gritava, sentindo um ódio profundo e cheio de culpa: porque ninguém devia odiar seu pai.

•

Estremeço quando Aretusa me chama na janela do nosso quarto improvisado:

— No mundo da Lua, Alice? Evelyn acordou e quer ver você, suba!

Entro em casa, sem muita vontade, apreensiva: como estará minha irmã? Terá realmente piorado tanto?

Sinto frio. Apesar da tarde quente, do mormaço, tenho calafrios. Deve ser começo de gripe, por isso me sinto esquisita, aérea.

Quando começo a subir, os dedos já no corrimão, ouço passos lá em cima. Passinhos rápidos e curtos de criança correndo na ponta dos pés para esconder-se de alguém.

São passos?

Apuro o ouvido, mas agora só escuto o sangue disparando nas minhas têmporas, meu corpo inteiro lateja como se fosse uma ferida.

Respiro fundo. Quero rir de mim mesma. Se não tomar cuidado, eu é que vou ficar louca.

6

Evelyn está sentada diante do toucador, cujo espelho reflete suas costas magras e curvas. Aretusa deve tê-la ajudado a arrumar-se um pouco para minha chegada, mas é visível que essa mulher está se consumindo.

Beijo-a: cheiro de flor murcha; sorriso vago na boca, que é um traço doloroso; as pupilas, cabeças de alfinete, fixam um ponto entre seu rosto e o meu.

Contra o peito ela aperta com mão crispada o boneco do filho morto; segura-o voltado de frente para mim, de modo que o Palhaço me espreita com seus olhos de botão. Finjo ignorá-lo, mas ele me incomoda.

Não era por mim que Evelyn esperava. Continua tensa, presta atenção a qualquer coisa que não percebo, mas que para ela está presente.

Não menciono o menino. Digo que fiz boa viagem, me cansei um pouco; meu marido e os rapazes mandam lembranças, outro dia virão visitá-la; eu até ia trazer um bolo, mas acabei deixando para outra vez.

Ela fala, mas não com a voz de antigamente: agora é uma voz aguda, sem modulações. Uma menina recitando a lição, rápida, num tom artificial.

"Ela parece mesmo fora de si", comento com Arteusa, apenas com um olhar. Ela confirma com um movimento quase imperceptível de cabeça.

— Você tem comido direitinho, querida? — pergunto a Evelyn; ela faz que sim, diz que come bem, limpa o prato.

Meu coração se crispa: Cristiano falava assim, "eu limpei o prato, tia Alice".

Começo a me sentir desamparada; não sei como fazer Evelyn reagir, voltar ao normal, interessar-se pelo que digo. Aretusa vai até a janela, avisa que Bruno está chegando, ele foi ao cinema distrair-se um pouco, já que a mulher tinha companhia.

— Faz séculos que ele anda só do trabalho para casa, de casa para o trabalho — comenta Aretusa. — Insisti para que saísse hoje. — Evelyn parece não ouvir.

— Vou lá embaixo receber seu marido — digo, curvando-me para beijar o rosto inexpressivo.

Na porta, volto-me sorrindo para ela. Mas é o Palhaço quem me devolve um sorriso arreganhado.

•

Bruno está magro; cansado; nem sabe dizer ao certo o que viu no cinema; está desinteressado.

Seu cabelo cai na testa, oleoso. Já não é o belo homem com quem minha irmã casou; brincávamos que ela casara tarde mas escolhera bem.

Ele se deixa cair no sofá da sala, passa a mão no queixo, a barba por fazer. Explica que concordou com Aretusa em me chamar porque não sabe o que fazer com Evelyn. Ela não quer mais falar com médico; recusa ir a um psiquiatra; alimenta-se mal.

— Aretusa me disse que ela parece não aceitar a morte de Cristiano — digo.

Ele faz que sim com a cabeça, olhar vago.

— Mas isso é perigoso, Bruno. E aquele boneco, o Palhaço? Você tem de tirar dela. Que coisa mais macabra!

Ele esboça um gesto cansado:

— Mas Evelyn só se acalma assim. Segurando o boneco, falando como se o menino estivesse vivo... No começo tentei fazer com que aceitasse a realidade, mas realidade é uma coisa que ela agora não agüenta mais.

Depois de um silêncio, ele diz, mais baixo:

— Descobri que Evelyn anda com uma gilete debaixo do travesseiro.

Meu couro cabeludo se arrepia, a raiz dos cabelos fica em pé:

— Uma... uma o quê?

— Uma gilete, daquelas comuns, antigas, de duas lâminas — Bruno está quase sussurrando. — Já botei fora duas ou três. Mas quando vou ver, tem outra lá.

Recosto-me para trás no sofá. Ele pergunta o que acho que devemos fazer, e respondo sinceramente:

— Não sei.

Talvez, se estivesse num mundo real, organizado, na minha própria casa, eu soubesse algo melhor para lhe dizer; meu marido certamente saberia dar uma sugestão, um homem tão prático. Mas aqui, nessa atmosfera, não consigo raciocinar direito.

— Não quero que seja internada num... num hospício — diz Bruno, angustiado. — Não está louca, só desesperada. Não temos dinheiro para uma boa clínica particular. E psiquiatra... Bem, ela tem de querer.

— Meu pai também está tão esquisito... — digo, para mudar de assunto, mas apenas troco uma desgraça pela outra.

— Péssimo. Você não o vê há meses, deve ter-se assustado. E agora deu para se queixar a toda hora dos tais bichos. Depois esquece, fica quase normal. Mas começa tudo outra vez.

— Que coisa horrível... — murmuro. — E o médico, o que diz?

Meu cunhado bate de leve com o indicador na testa:

— Que é a idade... Precisamos ter paciência...

Então, sentindo-me um pouco culpada por estar traindo meu pai, conto a Bruno uma coincidência estranha: o caso com Renato.

•

Quando menino, meu irmão sofria de infecções no ouvido. Lembro de Berta correndo pela casa à noite, colocando bolsa quente, pingando azeite morno no ouvido dele.

Certa noite, Renato devia estar com muita dor, porque chorava alto, gemia, queixava-se a toda hora. Meu pai levantou-se duas vezes, mandou que calasse a boca, não fizesse fita.

Na terceira vez, veio correndo, abriu a porta do quarto de Renato num empurrão; mais uns passos e ouviu-se um grande grito, um berro de animal ferido.

Quando entrei, também correndo, quase ao mesmo tempo que Berta, o Professor saía furioso. Renato estava sentado na cama, chorando, enquanto tentava desajeitadamente limpar com a mão um líquido amarelo e grosso que lhe escorria do ouvido.

No dia seguinte Berta o levou ao médico: o bofetão do pai fizera rebentar um abscesso no ouvido do menino, mas não se comentou com o médico a verdadeira causa.

Renato teve desses abscessos mais vezes; por algum tempo pensamos que ficaria surdo; depois sarou.

— Deus que me perdoe — digo, após contar tudo. — Mas até parece castigo...

Bruno não responde.

Está quase escuro, não distingo mais o rosto dele, os móveis são borrões castanhos e pretos. Tenho vontade de chorar; queria estar na minha casa, preparando o jantar de minha família. Como estarão eles?

Estão num outro mundo. Aqui, nesta casa, há pessoas e coisas estranhas; Cristiano continua vivo, embora esteja desmanchado debaixo da terra — um defunto sem pernas.

Afundo cada vez mais em pensamentos tristes. Nisso acendem a luz e pisco os olhos doloridos. Bruno esfrega o rosto. Berta entrou, vai servir o jantar.

Já é tão tarde?

Vou ajudá-la. É um alívio executar uma tarefa doméstica. Parece que sempre me salvei pelas coisas banais. Ouço Bruno subindo as escadas devagar.

Pergunto involuntariamente a Berta:

— Será que na cama o boneco fica no meio dos dois?

Ela me encara, assombrada. Depois diz, como se não me tivesse escutado:

— Louça toda velha; tantos pratos rachados.

7

Formamos uma estranha cena à mesa do jantar. Por que não trocam as lâmpadas da casa por outras mais fortes? Nessa meia-luz parecemos fantasmas.

Uma segunda família janta no espelho, que vai do aparador até o teto. Uma feia rachadura sobe do canto esquerdo até o meio e divide meu rosto obliquamente em duas partes.

Meu pai está na cabeceira, vejo-o de perfil no espelho: velho pássaro solitário, pescoço fino esticado. Conversa direito, parece consciente. Depois vai mergulhar no nevoeiro, com seus bichos embolados no ouvido, talvez roendo a alma.

Aretusa, à minha direita, é uma máscara no espelho: cabelo tão preto, pele tão branca, sobrancelhas riscando um traço reto. Move as mãos com anéis, fala alto.

Evelyn à minha frente, ao lado do marido. Não preciso do espelho para vê-la bem. Trouxe o boneco; sentou-o no colo. Uma menina com o brinquedo favorito. Ninguém comenta nada, fingimos não notar. Ela praticamente só come o que Bruno lhe põe na boca; mastiga devagar, ausente. Ele a trata com paciência infinita; ajeita o casaco em seus ombros magros; fala baixinho com a mulher.

Evelyn escuta, absorta em alguma idéia que não partilha com ninguém.

Difícil de acreditar: essa criatura equilibrada, que há alguns meses levava uma vida normal, atendendo ao trabalho e à casa, agora naufraga na loucura abraçada ao filho morto.

Ou será que, por baixo daquela superfície, havia desde criança outra Evelyn, apenas esperando o momento de emergir... Essa que agora, perturbada em seu sono, lança sobre nós o olhar desvairado?

Cristiano continuará morando nesta casa enquanto ela não o deixar morrer: todos sentimos isso, ninguém tem coragem de afirmar, mas é a sensação que paira entre nós.

Como devagar; em bocados pequenos, para poder engolir; nem o vinho consegue lavar esse cascalho em minha garganta.

Que grande farsa representamos diante do espelho. Pergunto a meu pai se quer mais vinho, e ele bebe apesar da proibição médica; Aretusa elogia a carne, mas sabemos que é mentira, está fibrosa e seca. Meu pai não daria dinheiro para Berta preparar um bom jantar, e Bruno não deve nem ter pensado nisso. A velha empregada também já não enxerga direito: há um vermezinho rosado movendo-se na rodela de tomate que afastei para a beira do prato.

Estamos decadentes; estamos podres. Novamente tenho vontade de chorar.

Apenas a família do espelho, em sua existência de sombras, não liga para essas coisas, o seu mundo é outro. Ali, todos estão salvos.

Berta anda de um lado para outro, arrastando os chinelos; tem a cara da múmia com que sonho às vezes. Evelyn traz no colo uma caricatura do filho; Bruno acabará jogando o jogo dela até as últimas conseqüências, porque a ama demais para decidir outra coisa. A Medusa casou-se com meu irmão, estão se devorando mutuamente. O velho Professor, roído por suas angústias desconhecidas, pouco tem a ver conosco.

E eu?

Olho o espelho: o que pensará a outra? Não esta, acomodada e cotidiana, de mãos ásperas e corpo envelhecido, mas a que flutua, livre e eterna, em seu rio de cristal.

Ela quer aparecer, eu sinto: quer aparecer; em qualquer moldura onde eu lhe der espaço, começará a delinear-se e vibrar, dominando-me com a sua densa realidade.

•

Terminado o jantar, ficamos diante das xícaras de cafezinho, indecisos e sonolentos. Não sabemos o que dizer. Tentamos encontrar e tramar o fio de alguma conversa inofensiva, mas nossos pensamentos rastejam no chão como serpentes ameaçadoras que a qualquer momento podem dar o bote.

Temos o domingo para decidir sobre Evelyn. Vou mencionar o caso da gilete, que me preocupa. Amedrontador, dormir sob mesmo teto com alguém que cultiva essa doce possibilidade de morrer, o noivado com a morte, o alívio à mão.

Devia ter dado mais atenção a minha irmã quando vivíamos juntas. Mas era pouco ligada a mim, pouco afetuosa. Quando se zangava, Berta dizia que Evelyn puxava ao pai. Não levei isso a sério, mas talvez houvesse algum traço comum; muito leve, mas havia: a boca fina e dura; o retraimento um pouco frio. A obsessão de ordem e eficiência; a disciplina.

Podia ser um recurso de Evelyn para não sofrer com o ambiente em nossa casa. Eu fugia para meu espelho, meus livros; Renato vagava pela rua, pouco estava ali; Evelyn cercava-se dessa tênue couraça: era isso.

Nosso pai não devia ter-se dado conta de que estava criando filhos solitários e tristes, que passavam perto dele encolhidos como cães escorraçados e ficavam por ali, na esperança de um carinho, mesmo distraído.

O Professor: não era mau, apenas infeliz. Procuro na memória quem disse isso, e é tia Luci quem aparece.

Eu era menina quando avisaram que uma irmã de nosso pai viria nos visitar. Irmã? Para mim, era como um ser que brotasse de um mundo de lendas. Sabíamos vagamente que havia uma família, nada mais. Nosso pai não se entusiasmou. Mas eu quase delirei de alegria, a imaginação fervilhando: enfim uma presença feminina mais doce do que Berta. Comecei a sonhar: tia Luci, bonita, perfumada, maternal. Não como Berta, pés grandes e avental manchado.

Mas tia Luci era feia, gorda, mal-humorada, nervosa. Mãos minúsculas, roupas com babados fora de moda. Pronunciava todos os esses e erres, sentava-se como se fosse esguia e delicada, cruzava as pernas esticando a ponta do pé gorducho.

Logo achou tudo errado em nossa casa, e durante aquela semana tentou modificar o mundo.

— Mel só se tira do pote com colher de prata, meninas! — disse, escandalizada, quando nos servimos com a faca. Nossos travesseiros eram macios demais; as roupas, encardidas; comíamos muita fritura; meninas educadas não sentavam como nós.

Ela imitava meninas educadas sentando, falando, comendo: eu achava grotesco.

Renato não escapou à sua fiscalização: como é que meu pai não o mandava colocar aparelho nos dentes, aquele menino ia ficar dentuço assim a vida toda?

Elaborou para mim um complicado regime, eu estava gorda demais. Evelyn, ao contrário, era anêmica...

A nossa decepção foi enorme. Como o irmão, ela não gostava de crianças; exigia que nos portássemos como adultos e indignava-se vendo que era impossível.

Mas sua visita serviu para enriquecer um pouco a vaga idéia que tínhamos da juventude de nosso pai.

Eram uma família numerosa, de poucos recursos; o pai, violento e alcoólatra, quando bebia surrava até a mulher, e era preciso pedir ajuda aos vizinhos.

Numa dessas brigas, seu filho mais velho, meu pai, foi expulso de casa e nunca mais procurou a família, que quase não tinha notícias dele.

— Será por isso que ele é tão severo com a gente? — arrisquei.

Tia Luci bebericava seu chá, segurava a alça da xícara como se fosse uma flor:

— Pode ser. Ele não é mau; apenas infeliz.

Tentei descobrir com ela alguma coisa mais sobre minha mãe, mas a resposta foi que só a vira duas, três vezes, nada mais.

Por algum tempo, depois disso, tentei encontrar em meu pai sinais de mágoa, desejo de amor: mas tudo o que vi foram distâncias gélidas.

•

Bruno e Evelyn conversam baixinho; quase só Bruno fala, Evelyn ainda sonha. Meu pai brinca com o guardanapo, falou pouco. Aretusa parece desanimada.

Olho para Evelyn e recordo aquele brinquedo da infância, foi raro mas singular: ela subia para a minha cama, quando bem pequena, e pedia para brincarmos de "mãe e filha".

Então eu a tomava nos braços, embalava. Um brinquedo melancólico e doce.

Não durou muito tempo, porque um dia comecei a chorar e perguntei:

— E quem vai ser a *minha mãe*?

Evelyn hesitou, depois resolveu meu problema:

— Pode ser Berta, ora!

— Berta não quero, ela tem cheiro de cebola!

Evelyn começou a rir, mas eu continuei chorando e nunca mais quis brincar daquilo.

Olhando para ela agora, meu coração se confrange: eu podia ter tentado ser sua mãe, embora não soubesse como.

Nisso, tocam a campainha da casa. Quem poderia ser numa hora dessas? Visitas são muito raras na casa do Professor.

Berta vem da cozinha e vai atender. Renato entra com seu sorriso contrafeito, anda meio de lado, no mesmo jeito antigo. Ainda é um pouco dentuço; o cabelo ruivo começa a ficar grisalho. Olha de esguelha para Aretusa, parece estar sempre à espera de uma censura. Beija-a rapidamente no rosto, que ela ergue sem olhar para ele. Depois ele aperta a mão do pai, como se fossem vagamente conhecidos.

Não quer comer nada; mudou de idéia e resolveu vir, embora tivesse dito que não viria. Senta-se à direita de Evelyn, fica mexendo a colher na xícara de café.

Trocamos frases triviais; de repente Evelyn diz, na sua voz de menina:

— Você não acha que ele se parece com o Palhaço?

E dirige-se a alguém invisível, entre ela e meu pai.

Ninguém diz nada; ninguém ri; não olho para Renato.

Sinto que não podemos arriscar nem um movimento impensado; a redoma é frágil demais, pode romper-se o encanto e todos viramos bichos. Sapos? Cobras, insetos?

Quando crio coragem e olho meu irmão, fico surpreendida com a semelhança: ele e o boneco têm cabelo ruivo e corpo desengonçado. Só que o sorriso de Renato é triste e fugidio.

Meu pai continua quieto: estará escutando o que habita seu ouvido: agora entorta um pouco a cabeça para o lado.

De repente, no silêncio constrangido, ele diz bem alto:

— Estão se mexendo agora.

Vira a cabeça, devagar, e nos encara, um a um. Pensei que seu olhar estaria alheado; mas apenas verte um amargo desprezo por todos nós.

•

Nesta noite pego minhas coisas no quarto, quero dormir na sala para que Renato e Aretusa fiquem juntos. Ela não concorda; não quer de jeito nenhum. Insisto. Quase discutimos; por fim desisto, estou deprimida demais para brigar com ela. Tenho de avisar Renato de que ele vai dormir na sala. Mas não parece surpreso nem aborrecido, diz que o sofá está ótimo. Fico triste vendo-o tão resignado. Acho que nem pijama ele tem.

Volto para o quarto, onde Aretusa passa creme no rosto. Vestiu uma camisola comprida de cetim branco. Envergonho-me um pouco por não cuidar de minha pele e porque vou enfiar um pijama de malha barata.

Mais tarde, quando apago a luz, tenho vontade de sugerir ainda uma vez que Renato venha dormir aqui, em meu lugar, mas Aretusa não concordaria.

Por que se terá casado com ele? O que teriam visto um no outro, o que buscariam ainda, em tantos anos de convivência difícil?

Não sei por que Aretusa o procurou, tempos depois do caso com Corália; nunca tinham sido grandes amigos. Talvez Renato a amasse, mas de longe, como às vezes amamos o que é mais oposto, mais diferente de nós. Ela insistia, não saía de perto dele, usava da sedução do seu olhar dourado, das maneiras desinibidas, da voz sensual. Renato entregou-se: é como se ela se punisse fazendo-o sofrer. Assim, mostra a si mesma que é má e louca, embora no fundo seja boa.

Corália: é ela quem faz isso? Sempre que Aretusa se mira num espelho, penso ainda, antes de adormecer, talvez enxergue por trás da imagem familiar aquele rosto inapagável, que lhe cobra uma impossível indenização.

8

Depois de casada morei durante alguns anos naquela cidade onde convivera com Aretusa quando menina. Ela voltou a me procurar, visitava-me com freqüência. Como meu marido não gostasse do seu jeito independente, ela vinha quando eu estava só em casa.

Aretusa ainda era solteira; tinha muitos namorados; trabalhava numa escola secundária; sustentava a mãe, que envelhecera muito e dava trabalho à filha, sempre às voltas com psiquiatras. Pegara uma estranha mania: onde quer que fosse, carregava uma sacola de pano onde guardava objetos inúteis. Não que roubasse; os médicos diziam que fazia aquela provisão para sentir-se segura. No mais, uma velha inofensiva.

Certo dia Aretusa começou a falar insistentemente em uma aluna. Corália. Linda, olhos inocentes — repetiu várias vezes. Mais tarde, disse que a moça estava apaixonada por ela.

Escutei, boquiaberta. Eu tinha entendido direito?

Aretusa soltou uma daquelas risadas sedutoras, cabeça jogada para trás, cabelo esvoaçante:

— Meu Deus, Alice, você é uma mulher casada, mas continua a virgenzinha de sempre. Atrasada, ingênua. A filha do Bicho-Papão não sabe em que mundo vive?

Fiquei um pouco envergonhada; mesmo assim disse que achava aquilo muito estranho.

— Ela me ama, sim — disse Aretusa numa outra visita. — Eu finjo que ignoro, mas vejo. Não faz mal nenhum, assim só de longe...

— Como não faz mal, Aretusa? É sua aluna! Olhe o escândalo se descobrirem!

Mas ela não parecia preocupada; tinha um ar sonhador.

— Uma menina tão linda, tão terna — contou noutra ocasião. Havia reflexos mais quentes em seus olhos dessa vez.

— Escute, Aretusa, você vai-se meter em complicações!

— Não se preocupe, minha moralista — ela soprou a fumaça do cigarro para o teto. — Eu apenas me deixo amar...

Dizendo isso, encarou-me diretamente nos olhos e fiquei inquieta como se eu estivesse enredada no caso.

Acabou por me prometer que tomaria cuidado; ia livrar-se da menina; creio que realmente pretendia isso; mas alimentava a paixão da outra, com aquele seu jeito cálido.

Eu conhecia bem Aretusa.

Agora, cada vez que ela partia eu ficava vagando pela casa, perturbada; era como se minha amiga introduzisse por baixo da superfície calma da minha vida uma vara fina e traiçoeira, e ficasse remexendo, levantando coisas lá no fundo.

Algumas noites não pude dormir bem; ia até a sala, sem acordar meu marido, para que não se aborrecesse; sentava na poltrona, tentava ler; mas divagava.

•

Apesar do cansaço, hoje também não consigo dormir. Sempre que lembro a história de Corália fico triste, com medo: como se alguma coisa me ameaçasse.

Aperto os dentes para que parem de bater; frio, febre? E amanhã comentarei com Aretusa aquilo da gilete, hoje esqueci. Agora ela deve estar dormindo. Olho para seu lado, no escuro, mal diviso seu vulto deitado. Dorme; ou finge?

Levanto-me, vou até a janela, entreabro a veneziana. O pátio pequeno está deserto, com um pouco de luar. Embora eu sinta frio, lá de baixo sobe um bafo morno.

Passo algum tempo ali debruçada pensando em coisas banais, para me acalmar.

Então, sem esperar por isso, ouço um riso.

Não uma risada de adulto, mas um riso de criança. Alegrezinho. Ondula tão leve, esvoaça no pátio, pousa nas lajes tortas.

Fico gelada.

Cristiano?

Devo ter cochilado, encostada no caixilho da janela. Ou foi Aretusa quem riu para me assustar? Ela gosta desse tipo de brincadeira.

Viro-me e olho: ela nem se mexe.

Estará à escuta, como eu?

O silêncio é outra vez completo. Devo ter tido uma alucinação, ando tensa demais. Coisas singulares acontecem quando se vela de madrugada, sei bem disso.

Ou foi de Evelyn esse riso infantil?

Amanhã no café indagarei se alguém mais ouviu. Ou ficarei calada: certas coisas é melhor não comentar.

Passo uma noite ruim. Sonhos loucos: aquela velha em forma de boneca, no seu caixão, tem a cara da mãe de Aretusa, e segura uma sacola de pano. Depois aquele funil me suga, logo antes de acordar o furinho me engole pelos pés, quero resistir, e luto porque sei que, cedendo, serei tragada para sempre. Há rostos, rostos me observando, borrados como se estivessem debaixo d'água. Querem me punir — ou me libertar?

Acordo toda enrolada nos lençóis.

Quando abro os olhos uma segunda vez, é dia. Pela veneziana entra uma claridade precária. Abro a janela: um dia abafado e sombrio; vai chover.

Deixo Aretusa dormindo, seio exposto no decote da camisola. Desço para tomar café. Renato está sozinho à mesa, cabeça apoiada na mão. Pergunto se não passou frio:

— Berta me trouxe um cobertor de madrugada — responde, distraído. — Mas estava quente.

— Sim, está abafado; acho que vai chover. — Falo mais algumas coisas inócuas, sobre o tempo, a casa, o café morno e fraco. Preciso livrar-me de tantos fantasmas, conversando trivialidades.

Só que Renato não é de muita conversa; hoje, está taciturno. Há quanto tempo não o ouço dar uma risada?

Crescemos juntos; mas somos tão distantes que às vezes me esqueço de que somos irmãos. Nem com Evelyn tive grande intimidade. E na medida em que saíamos da infância, enveredávamos por caminhos diferentes, sem saudade nem pena.

Olho Renato por cima da mesa enquanto ele mastiga devagar o seu pão. O que sei dele, na verdade, é pouco. Fracassos, planos vagos, mudanças de emprego, tentativas erradas de abrir negócios seus, e esse casamento atormentado.

Assisti a várias brigas deles: Aretusa começa a gritar, fica vulgar e feia, perde a compostura. Ele se encolhe, cabeça baixa, como se pensasse merecer aquele tratamento.

Algumas vezes a olha, de esguelha, como fazia com o pai antigamente: lampejos de rancor.

Em outros dias, a mulher o abraça em público, faz-se de apaixonada, afirma que seu casamento é perfeito.

•

Bruno desce a escada, apático. Diz que Evelyn dormiu mal. Quase pergunto se ela riu de madrugada. Mas prefiro subir para o quarto.

— Não vai tomar café? — pergunto ao ver que Aretusa ainda está na cama, fumando.

— Não quero comer — responde em tom grosseiro. Olha-me de cima a baixo. — E você podia cuidar um pouco da forma, não?

Ela sempre fica indignada ao notar que não ligo muito para essas coisas. Acende outro cigarro, ajeita o cabelo enrolando uns caracóis nos dedos, pega um espelhinho da bolsa que está na mesa de cabeceira e começa a examinar o rosto.

Não quer conversar; eu também não, agora não tenho mais força para falar só para espantar o desconforto que sinto nesta casa.

— Vou ver se Evelyn precisa de alguma coisa.

Minha cunhada nem responde: mira-se fixamente no espelhinho de mão, como se procurasse nos olhos que a fitam a explicação de sua vida.

•

Evelyn parece não ter saído da banqueta diante do seu toucador. Palhaço atravessado no colo; robe puído; cabelo desfeito. Sorri com doçura, então lembro que antes não tinha esse sorriso terno. Usava a expressão severa das mulheres magrinhas e eficientes, boca estreita, rosto sem pintura.

Agora que a dor a derrubou, assume um novo encanto: esse ar dolorido, desinteressado.

Converso com ela, falo um pouco de Aretusa que fuma demais, de Renato que dormiu na sala. Pego a escova, ajeito seu cabelo; ela deixa, sem comentar nada.

Como convencê-la de que o filho morreu?

Pergunto se ela volta ao emprego:

— Seus colegas devem estar com saudades, querida. Garanto que você faz muita falta no escritório.

— Sim — diz ela, vagamente. — Quando der, eu volto.

Não insisto, mas entendo que quer dizer: quando Cristiano chegar, depois que ele tomar banho e eu lhe vestir roupa limpa, depois que o levar para a escola (não de carro, de carro não!), então vou trabalhar; então volto à vida; mas só então.

Pergunto se tomou café, ela faz que sim. Abraço-a, enternecida; aprendeu a mentir desde pequena, como todos nós em casa. Não apenas mentiras inconseqüentes de criança, mas mentiras estratégicas, e a primeira mentira era a malha de uma vasta rede.

Sinto que Evelyn joga comigo, com todos nós; como faz com Bruno. O jogo da beira da loucura — a gente olha e olha e provoca, que rosto vai aparecer agora?

Ela não afirma que Cristiano está vivo, nem pronuncia seu nome; mas todas as suas frases, gestos, olhares, silêncios sugerem isso: ele está por aí, volta logo.

Algumas vezes não surpreendo nela um olhar diferente, de soslaio, olhar por entre cílios baixados, um olhar ardiloso?

Tão fascinante, o jogo de Evelyn, que vou ficando enredada. Se não me cuidar, logo estaremos brincando de Cristiano-vive.

Preciso sair do quarto, escapar disso que emana de minha irmã.

Como é que Bruno suporta, como é que resiste? Que amor é o seu, capaz de tudo isso?

Na verdade ele não resiste: entrega-se. Acho que sua preocupação em resolver o caso de Evelyn não é sincera; ele a ama a ponto de andar com ela nessa corda bamba sobre regiões escuras; se cair não voltará nunca mais. Mas ele não se importa com o risco.

Nunca fui amada assim; nem uma das pessoas que jamais conheci seria capaz de trilhar por mim esses caminhos onde já não se distinguem sensatez e insanidade.

•

Aretusa ainda está no quarto; não se vestiu; não tomou café; continua fumando. Parece deprimida.

Sento-me na cama:

— O que vamos fazer agora? Procurar meu pai?

Antes que minha cunhada responda, ouvimos três batidas fortes.

Viro a cabeça, intrigada. Aretusa explica que meu pai nem sempre sai do quarto quando quer alguma coisa; bate com a bengala no assoalho e Berta tem de atender.

As pancadas soam outra vez e mais outra; soturnas; insistentes; um enterrado vivo batendo no caixão, o desespero, quero sair, quero sair! Li histórias horríveis sobre eles, roem os dedos até os ossos, em agonia.

Será que ninguém vai atender? Mas eu também não me mexo. Devia ajudar Berta com o almoço, apenas um vago sentimento de dever que não me impulsiona.

— Acho que estou apanhando uma gripe daquelas — digo, pondo a mão na testa, que bom se tivesse febre alta e me levassem para casa. Dois, três dias de cama, coisa que raramente me permito. Uma vizinha viria ajudar; à noite quem sabe meu marido até me traria uma xícara de chá.

Mas não tenho febre. Carrego uma cadeira para junto da janela e fico olhando o pátio vazio. Faz calor. Onde estarão os porquinhos-da-índia de Cristiano, da gaiola que ficava ali junto do tronco?

Meus filhos também tiveram desses bichos. Tanto pediram que um dia o pai chegou com dois numa caixa de sapato. Reclamei que só me dariam mais trabalho, mas os meninos, ainda pequenos, ficaram encantados. Prometeram cuidar de tudo, arranjar verduras velhas, limpar a gaiola, tivemos de comprar uma gaiola grande.

Como sempre, a novidade cedo virou velharia, e era eu quem limpava a sujeira e tinha todo o trabalho. Sentia nojo daquele odor penetrante, dos focinhos inquietos.

Tive então uns dias muito cansativos; andava adoentada; fazia calor; o serviço multiplicava-se por todos os cantos. O que faço com essas pragas?, perguntei ao meu marido, ele deu de ombros, chegava em casa cansado e não queria mais chateação.

Até que notei moscas varejeiras perto da gaiola. Examinando os porquinhos-da-índia, constatei que tinham no lombo feridas cheias de vermezinhos.

E agora, pensei, e agora? Como me livraria daquilo?

Fiquei zanzando pela casa, a idéia fixa. De repente corri até o pátio, arranquei da gaiola os bichos que esperneavam e guinchavam feito loucos.

Era o meu porquinho-da-índia que eu tinha de entregar para o suplício?

•

No primeiro dia, dando falta dos animais de estimação, os meninos reclamaram; expliquei que tinham amanhecido mortos, deviam andar doentes.

Depois, eles esqueceram; nunca mais pediram para ter um bicho em casa.

Uns filhos muito fáceis de criar.

9

— Quer um cigarro? — a voz de minha cunhada me arranca desse charco.

— Você sabe que não fumo...

— Bem, às vezes as pessoas progridem...

Agressiva outra vez. Olha o teto como se procurasse uma fresta para sumir nela. Ainda é uma mulher bonita, embora tenha finas rugas, corpo mais cheio, traços mais pesados.

— Esta semana fui ver Corália.

Meu coração volta a disparar.

— Como ela está?

Aretusa irrita-se:

— Como queria que estivesse? A morte seria o melhor para ela — e encolhe-se toda, dizendo isso, como se a picassem.

— Não fale assim. Ela não pode mesmo sarar?

— Eu já lhe disse mil vezes...

É verdade, ela disse. Mas preciso ouvir novamente. Aretusa fala como se as palavras fossem pedras limosas que ela expelisse lentamente e com dor:

— Ela não vai sarar, não vai melhorar, não tem esperança. E seu cabelo agora está branco como a neve... — acrescenta num sussurro.

Calafrio na espinha.

— Quantos anos ela tem?

— Quarenta.

Os olhos inundados, Aretusa não quer chorar, então arregala-os um pouco, se piscar o pranto escorre, e se começar a chorar ela não pára mais, conheço isso. A culpa, a culpa habita a alma de Aretusa, uma aranha cinzenta, quando menos se espera, salta e dá o bote.

Por fim ela tem de piscar, as lágrimas correm.

— Vou ajudar Berta no almoço — digo. — Cessaram as batidas da bengala de meu pai. Alguém terá ido atender? — Levanto-me da cadeira como se pesasse duzentos quilos. Por um momento fico ali parada, indecisa; depois, nem eu sei por quê, sento outra vez.

•

Eu estava grávida do meu primeiro filho, então faz mais de vinte anos. Era hora do café, eu lutava contra o enjôo. O telefone tocou: era Aretusa, mas quase não reconheci, falava tão depressa, aos gritos. Engoli um pedaço de pão grande demais:

— Fale devagar, Aretusa, não entendo nada.

Ela repetia o nome da aluna: Corália.

O medo subia pelas minhas pernas, medo das coisas ruins que aconteciam fora das minhas paredes e me ameaçavam.

— Corália tentou se matar.

— O quê?! O que foi que você fez, Aretusa?

— Nada. Não fiz nada, pare de me acusar, você não sabe de nada! — ela chorava. Falava numa confusão aflita, aos poucos entendi que naquela manhã os pais tinham encontrado a menina muito mal. Estava no Pronto-Socorro.

— Você vem aqui, você vem aqui — repetia Aretusa, desconexa.

Fiquei aborrecida:

— Agora?

— Se ela morrer, não vou agüentar sozinha — gemeu minha amiga.

Pensei: Deus queira que essa agitação não faça mal ao bebê e que meu marido não se zangue comigo; mas não tive coragem de recusar, em vinte minutos chegava de táxi no apartamento onde Aretusa morava com a mãe oxigenada, que abriu a porta e me encarou com ar assustado.

Aretusa tinha o rosto inchado de chorar. Agarrada em mim contou a história toda: não desiludira a moça completamente, ficamos em ambigüidades, adiamentos, promessas não de todo pronunciadas.

Mas um dia Corália acabara revelando o segredo a uma outra amiga, que por sua vez dissera tudo aos pais.

Estava armado o escândalo e, para que não se espalhasse, o diretor da escola chamou Aretusa e sua aluna; houve ameaças. Aretusa conseguira consertar a história, falando em calúnia, despeito. A sós com o diretor, insinuou que Corália não regulava bem.

Mas a menina assustara-se; cega de paixão, agora procurava Aretusa por toda parte, telefonava, mandava cartas. Queria que fossem embora juntas, não tinha mais coragem de encarar os pais, as colegas.

Pressionada, Aretusa começou a ser radical, tratava a outra com rispidez, até grosseria. Escorraçava. Tiveram cenas dramáticas.

— Aí descobri o quanto gostava dela — soluçou Aretusa, molhando meu vestido no ombro. — E fiquei toda atrapalhada.

Nessa atrapalhação, recorrera a uma última ameaça: se Corália não se afastasse, Aretusa contaria a seus pais que a menina não a deixava em paz; reclamaria com o diretor; as duas seriam desligadas da escola.

Por alguns dias tudo parecera resolvido, mas naquela manhã Corália fora encontrada pelos pais: atravessada na cama, boca queimada de veneno.

— O que fiz foi só para o bem dela — gemeu Aretusa. — Não queria que depois ela sofresse ainda mais...

•

Corália não morreu; mas não era mais Corália. Era uma criatura aparvalhada, que não podia mais andar; nem falar; mal sustentava a cabeça, a baba escorrendo.

O cabelo embranqueceu prematuramente, agora é como neve.

Mais tarde, os pais permitiram que Aretusa a visitasse, porque a filha dava sinais de alegria ao vê-la.

Há mais de vinte anos minha cunhada carrega esse segredo sombrio, acho que não comentou com ninguém além de mim. No começo, me procurava para desabafar. Debatia-se entre amor e repulsa, e a culpa não a deixava dormir. Mal Aretusa cochilava, a aranha cinzenta começava a arranhar a porta, a parede, o pé da cama.

— Juro que nunca mais vou amar ninguém, nunca mais vou me ligar a ninguém, eu só destruo tudo — chorava minha amiga, grossas lágrimas pelo rosto.

Tempos depois, quase repentinamente, casou-se com Renato.

Duas pessoas que nada tinham em comum; e não conseguem viver em paz, porque Aretusa nunca escapará de Corália.

•

Aperto os olhos com as mãos, no meio dos círculos coloridos salta um minúsculo homenzinho, salta e ri; sacode-se de tanto rir; zomba de mim, esse anão debochado?

Abro os olhos estonteados, esfrego as pernas para me livrar do torpor. Aretusa também parece voltar de um longo mergulho em suas recordações.

— Aretusa-Medusa, vamos almoçar? — convido.

Ela olha minhas pernas e responde, mal-humorada:

— Você devia tratar dessas varizes...

10

Evelyn não desce para o almoço de domingo. Agora podemos enfim falar do seu problema. Bruno não sabe o que quer; ontem me pedia conselho, hoje até arrisca dizer que ela está melhor.

— Melhor? — interrompo. — Mas, Bruno, me disseram, e eu também notei, que ela age como se o menino estivesse *vivo*!

Aretusa confirma balançando energicamente a cabeça, olhos ainda brilhantes das lágrimas de há pouco.

Nosso pai intervém secamente:

— Evelyn precisa ser internada.

Era assim que antigamente nos dava suas ordens, suas prescrições.

Agora me encara com o olhar de velha águia. Lúcido, o Rasputin. Não se comove com a tragédia da filha mais moça.

Bruno começa outra vez com justificativa de uma boa casa de saúde ser cara demais. E acrescenta:

— Além disso, ela não está louca, só desesperada...

Abro a boca, depois resolvo não dizer nada. Mas Aretusa se impacienta:

— Então, por que esse teatro de a gente se reunir aqui um fim de semana inteiro?

Bruno responde que a idéia foi dela.

Sabendo que é verdade, mas sem querer reconhecer isso, minha cunhada procura alguém a quem culpar. Começa a olhar Renato, que está quieto, como de hábito.

— Você também podia se interessar um pouco, não acha? — pergunta-lhe a mulher. — Afinal, Evelyn é *sua* irmã, não minha!

Começam a discutir; ficamos constrangidos. Encaram-se cheios de raiva. Quero falar na gilete, interromper a briga antes que piore. Quero dizer: Evelyn anda dormindo com uma gilete embaixo do travesseiro!

Mas de repente acho que não adianta falar; para que revelar esse segredo? Talvez não seja tão grave; talvez Bruno esteja enganado; talvez tenha jogado fora a derradeira lâmina.

Na verdade, não quero admitir que minha irmã esteja enlouquecendo.

— Será que Evelyn não gostaria de descer e comer com a gente, Bruno? — indago. — Se você quiser eu subo... Talvez consiga convencê-la a vir.

— Ela já comeu, agora quer descansar — responde. — Até comeu melhor, achei que estava mais disposta...

Será possível? O medo me contrai a garganta, qualquer dia Bruno e Evelyn vão passear na calçada e na frente deles irá correndo um menino morto, sem pernas.

Cristiano fica flutuando na minha mente, flutua com seu pequeno corpo mutilado. Luto para manter o pensamento preso numa coisa inofensiva, como estarão meu marido, meus filhos? Por que não estou lá, servindo-lhes o almoço?

Mas também são sombras flutuantes; bonecos diminutos correndo num descampado cinzento, não me vêem, não me escutam; não sabem de mim.

Muitas vezes na vida me queixei do trabalho, da rotina; lavar, passar a ferro, limpar, cozinhar, varrer... Como gostaria agora de enfiar um avental e meter as mãos num tanque cheio de espuma; descascar cebolas e ter nos olhos outras lágrimas...

Inesperadamente meu pai se dirige a Renato com voz hostil, sempre é hostil quando fala conosco:

— Os negócios como vão?

O filho nem levanta a cabeça; estende o braço, mão espalmada na horizontal, agita-a como asas de avião, sinalizando: mais ou menos.

Meu pai tem um sorriso superior. Bruno intervém depressa, diz que o cunhado é bondoso demais, honesto demais para ser bom comerciante. Aretusa responde que não é bondoso coisa nenhuma, ele é um frouxo, isso sim.

O Professor dá uma risada rápida e sarcástica. Nunca o vi rindo com alegria.

Renato faz cara de choro; que estranho, esse homem querendo chorar. No rosto que envelhece, a expressão de um menino, infinitamente magoado e solitário.

Remexe aflito a comida com o garfo, os lábios tremem visivelmente. Não vá chorar agora, Renato!, penso, chocada. Ele então diz, em voz baixa mas clara:

— Um pai como o senhor acaba com a vida de qualquer um.

Sobressalto. Todos à mesa voltam-se para Renato: vai enfrentar o pai mais uma vez? Nas raras discussões que tiveram quando Renato ainda morava em casa, as cenas foram violentas, mas o pai levava a melhor, conhecia os pontos fracos do filho, que se encolhia tendo nos olhos o brilho de um ódio selvagem.

— O que quer dizer com isso, seu fracassado?

Nosso pai solta palavras como se disparasse lascas de gelo que se enfiam na alma da gente. Palavras como olhares: lâminas. Renato baixa ainda mais a cabeça, quer sumir no prato?

Então digo em voz alta:

— Não se pode ter uma refeição tranqüila nesta casa?

Parada às minhas costas, Berta comenta com a familiaridade que lhe conferem tantos anos de serviço conosco:

— Você já viu uma refeição calma por aqui?

Tenho uma súbita vontade de rir, rir me aliviaria, desfaria o nó da garganta. Renato continua com ar de choro, tenho pena dele.

— O senhor quer saber o que acho mesmo? — pergunta ele.

Agora parece desprender-se do fundo do prato, ergue uns olhos severos, apertados. Sinto que antes de terminar essa reunião ele vai impor sua marca em todos nós.

— Acho que o senhor nos odeia — continua. — Odeia seus próprios filhos. Não sei como isso é possível, mas é verdade. O senhor nunca foi pai: foi carrasco.

Por um momento, parece que o Professor vai reagir; vai recuperar o antigo ânimo violento, vai jogar um prato na cabeça do filho, vai levantar-se e bater? Mas encolhe a cabeça entre os ombros, o velho pássaro doente está no fim. Diz apenas, voz apagada:

— Você sequer tem inteligência para inventar uma desculpa melhor.

Todos começamos a nos remexer nas cadeiras, queremos desviar o assunto, queremos desconversar. Seria bom que Renato ficasse calado, penso. Procuramos desesperadamente o fio de uma conversa banal, o fio salvador, somos uma família normal. Vamos fingir que tudo é como antes?

Mas, ainda encarando o velho, Renato levanta a voz:

— A única pessoa de quem o senhor gostou um pouco na vida foi Cristiano. Pior para o senhor que ele morreu!

Aretusa abafa uma exclamação, põe a mão na boca, os anéis cintilam. Bruno volta para o cunhado um olhar magoado e um pouco surpreso, por que metem seu filho morto nessa briga? Aretusa estende a mão, como se fosse pegar o braço do marido, mas desiste.

Não tenho coragem de encarar meu pai. Renato ainda não terminou. Levanta-se da cadeira, vejo dois Renatos crescendo — o do espelho e o de fora; ambos ocupam um espaço inusitado. Como um ator que entra em cena, tímido e inseguro, mas aos poucos recorda o texto, emposta a voz e abraça o público num grande gesto, meu irmão diz, quase solene:

— Nem de nossa mãe o senhor gostava, ela morreu de tristeza, essa é a verdade. Era quase uma menina, e o senhor nunca lhe deu amor nem atenção. Ela preferiu morrer.

Agora, Renato encontrou uma arma muito melhor do que aquela que um dia fabricou nos fundos da casa.

•

Como foi mesmo? Encontrei meu irmão num canto do pátio, construindo qualquer coisa com latas velhas e uns pedaços de pau. Era apenas um menino, uns oito anos. Perguntei o que fazia. Ele não era comunicativo, mas naquela tarde devia estar precisando muito de um cúmplice. Olhou-me e disse:

— É uma arma secreta.

— Arma para quê?

Ele hesitou. Avaliou-me com o olhar, eu era digna de confiança? Ninguém era, naquela casa. Qualquer lealdade desmoronava depressa ante a ameaça de uma surra, um castigo. Mas naquele momento confiou em mim:

— Para matar ele.

— Ele quem?

— O Professor.

Logo se encolheu no mutismo habitual. Não adiantava insistir. Durante alguns dias lembrei com medo a conversa estranha, o que haveria no coração de um menino que deseja matar o pai? Afinal esqueci a história, crianças solitárias pensam bobagens, Berta sempre dizia isso.

Agora, diante desse novo Renato, vingativo, nascido da opressão e da secura, recordei a arma secreta. Neste momento ele brandia outra: muito mais eficiente.

•

Sem mostrar nenhum receio, meu irmão continua:

— Lembra o dia quando o senhor esfregou minha cara no mijo do chão, lembra? Não, acho que esqueceu, o senhor sabe esquecer, mas que confortável, não? Eu lembro; Berta lembra, foi ela quem lavou meu rosto depois; Alice também estava lá. Naquela ocasião Berta me contou que nossa mãe morreu de desgosto, de solidão. Muitas pessoas comentavam isso, para ela o senhor também foi um carrasco.

Como Renato pode dizer uma coisa dessas? Meu coração pulsa na garganta. O que mais Berta saberia dessa mãe da qual eu nada recordava?

O Professor não fala, mas faz um gesto, como para se defender; derruba o copo, um sangue triste fica escorrendo na toalha. Aretusa parece querer se levantar, vai buscar um pano e limpar a nódoa? Mas fica sentada. Nossos olhares se cruzam, o que vai acontecer agora?

Renato ainda não esgotou a sua revolta:

— Berta me disse também que logo antes de morrer nossa mãe pediu que ela tomasse sempre conta de nós, porque o senhor não tinha coração. Foi o que ela falou: "O pai deles não tem coração."

Olho rapidamente o Professor, mas ele parece já não estar presente; descaiu, ombros tão estreitos. Coitado dele, penso, não lhe ensinaram o amor, amor não se tira do nada, se aprende, amor se treina. Tia Luci disse que ele era apenas infeliz.

Logo meu pai vai entortar a cabeça, escutar seus bichos, sentir dor quando se mexem. Quero dizer que não faça isso, não fuja agora, sempre que tem de enfrentar uma realidade o senhor foge para esse desvão sombrio?

Como se escutasse meu pensamento, Renato conclui, triunfante, lágrimas agora escorrendo abertas:

— Contaram-me que o senhor anda escutando ruídos. Bichos alojados nos seus ouvidos. Então os vermes estão comendo o senhor, antes da morte? Que coisa mais bem-feita! — grita, de repente. — Que maravilha! O senhor ainda nem morreu e já está cheio de bichos? Quero que apodreça, ouviu? Que apodreça!

Aretusa começa a chorar, escondendo o rosto com as mãos; também não controlo os soluços. Estou tão nervosa que meus dentes batem, quero pedir a Renato que se cale, que vá embora, mas não digo nada. Ao menos uma vez na sua vida espezinhada ele tem direito de despejar o coração.

Bruno levanta-se e coloca a mão no ombro do velho sogro, que está distante de todos nós.

•

Renato não devia ter dito isso; devíamos ter impedido. Foi tão cruel como cortar nosso pai em pedaços com uma gilete.

Mas talvez ele tenha falado por todos nós, que nem sabíamos dessa história de nossa mãe. Por que Berta nunca me contou?

Meu irmão respira aos arrancos. O ar está denso de emanações estranhas, sinto um cheiro acre de animais selvagens.

Somos feras encurraladas nesta sala, na moldura do espelho rachado que aceita essas imagens tão placidamente como se ocultasse no fundo coisas muito mais terríveis. Somos animais que se lançam sobre o mais velho, mais fraco, que antigamente os tiranizou; vão dilacerá-lo.

O Professor começa a balançar lentamente a cabeça, como se acompanhasse o ritmo de alguma melodia que só ele escuta. Cabeça raspada, boca murcha entreaberta.

Renato se vira, afasta-se da mesa, caminha vacilante até a janela, que ele abre num ímpeto. Um bafo morno entra na sala. Ele põe a cabeça de fora.

Vai se atirar? Não faz sentido, estamos no andar térreo. Vai sair pelo peitoril, como fazia quando rapaz e vivia de castigo? Vai se esconder nos ramos da árvore? Sei que foi cortada, mas hoje nesta casa tudo é possível, não duvido que Renato suba pelos galhos inexistentes para dependurar no alto a sua dor.

Mas fica ali parado, vira para nós o traseiro magro metido em calças largas demais. Como as de um palhaço.

Então, solta um grande grito.

Não pronuncia palavra alguma, apenas deixa fugir do peito a dor represada.

Ou foi "mãe" que ele gritou?

Chamou pela que morreu tão cedo, sem dar sustento ao seu coração, sem lhe deixar a certeza de ter sido amado? Sim, talvez ele tenha dito "mãe".

Ficamos todos imóveis. Bruno continua com a mão no ombro de meu pai. Aretusa mostra novamente o rosto, parece envelhecida. Depois começamos a nos mover, tateamos à procura de um guardanapo, um palito, ajeitamos o prato. Aretusa coloca em pé o cálice, que já entornou o vinho todo.

Reagimos como se o mundo tivesse de girar no mesmo ritmo, sobre o eixo de sempre, quando na verdade um abismo voraz se abriu à nossa frente.

Espantoso: conseguimos fingir, manter a cabeça acima do lodo, e ofegar; aos poucos até essa respiração se acalma.

Excentricidades de um irmão meio esquisito; uma dessas cenas de família que chocam, mas a gente procura entender.

— Ele bebeu demais — diz Aretusa, voz sumida.

Tem pena do marido, se pudesse correria até ele, pediria perdão, beijaria sua boca, enxugaria o pranto. Mas não pode: alguém a observa de longe, pescoço mole, cabelo de neve, olhar implacável — os olhos rolam nas órbitas, não largam Aretusa.

Renato sai da sala, com passos fortes, quase corre. Bruno pede à empregada que o ajude a levar o Professor para cima, agora o velho está totalmente ausente. Berta resmunga, mas vai.

Então, enquanto lidam com meu pai, que se apóia neles pesadamente, mais uma vez escuto passos. Passos lá em cima, bem nítidos no corredor de tábuas.

Talvez seja Evelyn, assustada pelo brado do irmão. Mas não pode ser: são passos curtinhos, rápidos, de criança correndo na ponta dos pés. Os mesmos que ouvi ontem à tarde.

Passos de criança.

Aretusa não parece ter ouvido nada. Está pálida, esfrega os braços com as mãos como para se aquecer. Em vez de indagar se ela escutou passos diferentes, digo banalidades, procuro me livrar da impressão de estar num barco podre, à deriva.

— Quer mais café? — pergunto. Agora estamos apenas nós na sala. Minha cunhada balança a cabeça concordando, distraída. — Mas vamos para a cozinha, lá deve ter café quente — sugiro.

•

(Talvez tenha sido o Palhaço: cobrou vida e corre lá por cima, à procura de Cristiano?)

11

O café da cozinha também está morno. Aretusa e eu tentamos conversar; reparo que a cozinha está suja, junto com a louça do almoço ainda algumas xícaras do café da manhã. Se Evelyn estivesse boa, jamais permitiria tamanho relaxamento. Aretusa concorda. Pensamos em Renato mas não temos vontade de falar nele.

Logo Berta volta para a cozinha, começa a lavar a louça, também não comenta nada. Tem um ar contrariado. Como sei que Aretusa detesta serviço doméstico, ofereço-me para secar a louça, assim fazíamos antigamente: Berta lavava, Evelyn e eu ajudávamos a secar, a guardar.

Aretusa vai para o quarto, a cena à mesa deixou-a mesmo arrasada. Berta demora menos tempo para lavar do que eu para secar, estou com as mãos pesadas e inábeis, devo ter bebido vinho demais no almoço.

A empregada também sai da cozinha; vou guardar pratos e talheres, atrapalhando-me porque não conheço bem os lugares certos.

Quando termino, ainda não tenho vontade de subir, embora sinta sono. Dormir, cobrir a cabeça com o lençol, esquecer.

Mas prefiro não me encontrar com minha cunhada, então procuro Berta em seu quartinho. Talvez com ela consiga me distrair. Ou quero descobrir se é verdade o que Renato disse de nossa mãe?

Sigo pelo corredor escuro que leva ao quarto dela, tudo úmido e cheirando a mofo. Chamo seu nome duas, três vezes, não muito alto, apenas para escutar o som da minha voz.

Ninguém responde quando bato à porta; talvez ela esteja dormindo. Mas tão depressa? A porta não está trancada; abro-a e aspiro nauseada o bafo de perfume barato. Nessa idade ela ainda usa perfume?

Berta não está. Acendo a luz, a lâmpada pende nua do teto. Olho em torno: pobreza, desolação. A gaveta da mesa de cabeceira está aberta, atulhada de papéis. Abaixo-me para ver melhor: são recortes de revistas. Retratos de pessoas.

De repente sou a menina Alice, curiosa e intrometida, remexendo as coisas no quarto da empregada; quais serão os seus segredos?

"Por que você não se casa?", eu perguntava às vezes e ela respondia com seu jeito despachado: "Menina, homem pra mim é peste!"

Fecho a porta, sento na cama estreita, abro bem a gaveta. Vou pondo nos joelhos tudo o que encontro: confusão de recortes e uma tesoura grande. Depressa, porque receio que ela chegue e me encontre nessa situação ridícula, examino o que tenho no colo.

É sinistro: Berta recortou cuidadosamente figuras de mulheres nuas; algumas, recentes; outras, amareladas pelo tempo. Desde quando vem fazendo isso? Desde quando éramos crianças, e ela nos dava banho, nos punha na cama, nos levava ao médico, ao dentista?

Mulheres nuas: algumas em poses vergonhosas. Seios agressivos, grandes nádegas, sexos peludos. Meu rosto está em fogo, meu corpo todo inquieto. É doentio: a velhinha que parece tão inofensiva, colecionando mulheres nuas?

Meu estômago dá uma volta, receio vomitar aqui mesmo, em cima desta cama.

Berta, que se dedicou a nós a vida toda, praticamente sem compensações, sem alegrias, sem os planos que toda moça normal tem; a pessoa simples, que atendeu ao último pedido de minha mãe; a camponesa de pés grandes que trabalhou como um animal de carga e procurou, embora tão desajeitadamente, nos dar uma vida um pouco organizada e agradável; essa que fazia Cristiano chamá-la de avó... tem também seu lado reverso?

Ponho tudo de volta na gaveta, depressa, quero me livrar disso que me enoja. Respiro forte como se tivesse corrido. Por que fui sair de minha casa, da minha vida tão certa?

Quando estou abrindo a porta para sair, Berta chega pelo corredor e quase grito de medo. Finjo naturalidade, digo que queria conversar sobre a saúde de meu pai. Por um momento ela me examina, seu olhar é jovem e esperto. Depois o rosto de boneca velha se distende; para ela sou apenas uma menina boba. Então faz um gesto, me convida a entrar no seu cubículo, como uma dona-de-casa formalizada oferecendo a sala a uma visita.

Sentamos as duas na cama. Faço força para não olhar a mesinha de cabeceira, mais tarde Berta vai notar que tudo foi mexido?

Trocamos algumas frases sobre meu pai. Berta não tem pena dele; queixa-se do trabalho excessivo, das impertinências do patrão, quanto mais velho mais exigente. Aos poucos anima-se, desfia uma ladainha de acusações, penso que tem poucas oportunidades para se sentar confortavelmente e se fazer ouvir.

Espanta-me o rancor que acumulou ao longo dos anos. Nada de afeto ou compreensão em sua voz.

Então me dou conta do absurdo: eu queria que ela tivesse pelo patrão o carinho que não sinto por meu pai.

Não foi isso que exigimos dela tanto tempo, especialmente eu, que cedo me afastei?

Berta conta que é difícil cuidar do velho, ele nem quer mais tomar banho; suja a cama; pede comida no quarto e às vezes despeja tudo entre os lençóis, para, à noite, ao deitar-se, acusar a empregada de ter feito aquilo...

Outras vezes fica batendo no chão com a bengala, como se estivesse desesperado. Quando ela sobe os degraus com suas pernas fatigadas, ele se faz de desentendido, diz que não chamou.

— Mas ele tem consciência do que faz? — pergunto.

Ela dá de ombros, ar de superioridade:

— Metade do tempo não sabe, está ficando caduco. Um velho caduco, um velho nojento!

Penso em Renato, que o acusou tão duramente no almoço. Onde estará agora? Nos braços de Aretusa, lá em cima? Ou no pátio, procurando os ecos do seu grito?

Berta faz ar de quem vai revelar um segredo; inclina-se um pouco para mim, dá uma risadinha de bruxa — será que ela bebe escondido? — Diz:

— Você sabe por que é mesmo que eu continuo aqui, Alice?

Faço que não com a cabeça, de repente sinto medo dela, estou sem voz. Não quero saber o que tem a me revelar, mas escuto. Ela continua, baixinho:

— Estou aqui para apreciar a morte dele.

— O quê? — pergunto, também num cochicho.

— Vai ser a minha vingança — põe-se a balançar as pernas, curtas, penduradas um pouco acima do chão.

Minhas mãos e o joelho direito tremem incontrolavelmente, parecem desligados do corpo. Mudo de posição, o tremor cessa.

— Sempre fui como um cachorro nesta família.

Protesto, digo que não, nem fale assim, Berta. Mas a velha repete, segura:

— Sempre fui como um cachorro.

Penso depressa em algo agradável para dizer, quero que se reconcilie comigo, conosco. Se ela for embora, quem vai cuidar de tudo aqui? Provavelmente terei de vir ajudar, e isso me afastará de minha rotina.

Nada me ocorre de bom para lhe dizer, de sincero. O que fiz por ela todos esses anos, desde minha infância? Por muito tempo dependi quase inteiramente dela; tomei isso como coisa natural. Evelyn não se mostrava amorosa com ninguém, muito menos com Berta; Renato era retraído com todos. E nosso pai parecia sempre querer significar que lhe fazia um favor mantendo-a em casa.

— Você tem raiva de nós? — pergunto.

— Raiva não, tenho pena — ela me lança um olhar de compaixão, endireita o corpo com dignidade. — Mas o velho sim, esse vai me pagar!

— Berta, você quer ir embora daqui? — pergunto, colocando a mão no seu braço, mas com cuidado, como se ela fosse me atacar. De repente quero que vá embora, é urgente tirá-la desta casa, uma velha doida pode fazer algum mal. Mas não posso escorraçá-la, agora, com a idade que tem, não encontraria outro emprego.

— Embora? Eu não! E para onde iria? — Ela me olha novamente como se soubesse que sou uma menina fingida. É verdade. Sem parentes próximos, velha desse jeito, para onde iria?

Levanto-me, pernas doloridas; preciso ver o que foi feito de Aretusa, de Renato; quero me deitar e descansar.

Pensei em perguntar a Berta o que fez dos porquinhos-da-índia de Cristiano; mas agora já não tenho coragem.

Berta sai do quarto comigo, esqueceu alguma coisa no andar de cima. Enquanto sobe os degraus à minha frente, contemplo seus calcanhares gretados.

De quem eram aqueles passos?

As pernas de Cristiano: os pés gordinhos com que Evelyn gostava tanto de brincar quando ele era bebê. Foram cortados com as pernas; nem ao menos se sabe onde os puseram.

Ainda bem que na hora de encomendar o caixão calcularam o tamanho dele como se as pernas ainda existissem. Quando cheguei para o velório, vi com alívio que era apenas um caixão normal para um menino de oito anos. Com aquele monte de flores nem se notava que o corpo terminava tão depressa.

•

Aretusa está sentada junto da janela, onde fiquei de manhã. Continua uma tarde opressiva: vai chover.

— Que dia mais triste — falo só por falar. — Nem parece domingo.

— Pois domingo sempre é triste — responde ela sem me olhar. Concordo. Domingos são tristes também para mim. As ruas quietas, os horários frouxos, a pouca ocupação deixam-me ansiosa e insegura. Gosto de estar ocupada.

Sinto vontade de dizer a Aretusa o que descobri há pouco no quarto de Berta, o que ela me contou, mas temo que minha cunhada se irrite e procure a velha para censurá-la.

— Estive com Evelyn até há pouco — diz ela. — Agora acho que finalmente dormiu. Sabe, Alice, é tão estranho: ela não diz que Cristiano está vivo, mas age como se estivesse. Até tenho medo de começar a escutar o menino correndo por aí.

Olho para ela, espantada. Quero dizer que eu *já estou* ouvindo, desde que cheguei ouço coisas estranhas, mas prefiro calar.

— Você acha que ela está melhorando, como Bruno disse?

Aretusa suspirou:

— Não sei. Faz apenas alguns meses que o menino morreu... Depois, quem sabe ela se recupera.

Tenho a impressão de que, como Bruno, Aretusa já não está tão interessada em decisões. Exausta, digo que vou deitar um pouco, acho que tomei vinho demais no almoço, e a cena com Renato me abalou.

É a primeira vez que comentamos isso. Aretusa murmura:

— Coitado dele... — não sei se fala do marido ou do sogro.

Tiro os sapatos, escureço o quarto. Aretusa ainda está sentada na cadeira. Deito-me sobre a colcha. Tenho frio mas estou cansada demais para procurar um cobertor, qualquer gesto agora seria excessivo.

— Você entendeu o que ele gritou naquela hora? — indago.

Aretusa parece sonhar acordada:

— Ele quem?

— Renato. Na janela.

— Ele bebeu demais. Tem bebido muito, aliás. Seu irmão é cheio de complexos. Por causa do velho. Você sabe melhor do que eu. Renato é pura neurose.

— Mas o que foi que ele gritou? — insisto, com a língua pesada. — Pode parecer esquisito, mas tenho a impressão de que ele chamou nossa mãe.

Aretusa fala como se não me tivesse escutado:

— Sabe de uma coisa que Berta me contou ontem?

— Que coisa? — de repente fico alerta.

— Uma coisa tão estranha, Alice, tão estranha... — A voz dela também está sonolenta. — Contou que quando Renato já era grande, quase vinte anos, na época em que saiu de casa, de vez em quando ia para o quarto dela de noite...

— O quarto de Berta? — Soergo-me na cama, apoiada no cotovelo. Isso não, penso, *isso* não!

— Pois é... Também levei um susto quando ela falou assim. Mas não era nada do que você está pensando. Nada disso. Era... era muito mais esquisito.

— Mais?

— É. Ele ia para o quarto dela de noite, ficava conversando assim como quem não quer nada, depois pedia para Berta fazer de conta que era mãe dele. Implorava como se fosse um menino pequeno. Então deitava a cabeça no colo dela, Berta o embalava falando bobagens um tempo enorme. Depois ele levantava e ia embora... Só isso.

Ficamos caladas na penumbra. "Meu Deus", penso, "é como Evelyn fazia comigo. Uma mãe de mentirinha..."

— Você acha que ele chamou nossa mãe? — pergunto outra vez, controlando-me para não chorar.

— Não — Aretusa responde com o jeito decidido de quem tem certeza do que diz. — Ele chamou Deus. Ouvi muito bem, ele gritou: "Deus".

Deito-me outra vez. *Deus?* Mas quando se falou em Deus na nossa casa?

O Professor era ateu. Sempre exigiu que fôssemos dispensados das aulas de religião nas escolas. Certa vez brigou com um diretor; no fim, porém, conseguia o que queria, os outros não desejavam se incomodar com ele, então deixavam.

— Deus: por que Renato se lembraria de chamar logo por Ele?

Aretusa levanta-se da cadeira e vai meio tateante até sua cama, deixa cair no chão os sapatos, estica o corpo num suspiro. Quando penso que ela já pegou no sono, diz:

— Você sabia da história do enterro de sua mãe?

— Enterro? — Parece que essa reunião de família serve apenas para revelarmos casos bizarros. — Não sei de nada, nós três fomos levados para a casa de uns vizinhos, aliás não lembro nada daquele tempo, acho estranho, porque já tinha uns quatro anos, devia lembrar, não devia? E não vimos nada.

— Mas Renato viu. Seu pai expulsou de casa o padre que foi encomendar o corpo — diz minha cunhada em voz baixa.

— O padre? Que absurdo, Aretusa, por que ele ia fazer uma coisa dessas? Meu pai não tem religião, mas você sabe como sempre deu importância à opinião dos outros, às formalidades; não ia provocar um escândalo assim.

— Mas provocou. Foi um escândalo mesmo, anos mais tarde ainda ouvi comentarem o caso, imagine. Renato viu tudo, fugiu da casa daqueles vizinhos e foi espiar de longe o velório, o enterro da mãe. Acho que na confusão ninguém notou. Quando o padre chegou, seu pai o expulsou aos gritos...

Ela se cala, fico em silêncio também, tentando recompor a cena, depois murmuro, mais para mim mesma:

— Que horror...

— Horror mesmo. Já vi muita loucura na minha vida, mas como essa nunca. Parece que seu pai teve de sair da escola, porque alguns pais de alunos ficaram indignados e reclamaram.

Não consigo dormir. Meu coração bate cada vez mais forte, mais sombrio.

•

(Renato terá realmente chamado por Deus? Essa palavra terrível deve ter ficado reboando de galeria em galeria, um eco respondendo ao outro, interminavelmente, no vazio.)

12

Acordamos friorentas e deprimidas no fim da tarde. Ao abrir a janela sinto outra vez o bafo quente e úmido, mesmo assim minha pele se arrepia de frio. Decidimos ver Evelyn, convencê-la a descer para o jantar. Quem sabe a ajudamos a vestir uma roupa bonita e ela se anima um pouco?

Está sozinha no quarto; sentada na beira da cama, onde espalhou fotografias de Cristiano. Não comentamos nada sobre isso; ela também não.

Falamos coisas inócuas; Evelyn notará o quanto nos esforçamos por ser naturais? Ouve pacientemente, de vez em quando responde. Tem o Palhaço largado sobre os joelhos, ele fica de cabeça atirada para trás, cara voltada para o teto. Aquele esgar.

Examino minha irmã: não parece um pouco melhor, mais presente? Sorri, o sorriso cálido, que antes nunca tinha, ou que só se revelava diante do filho.

Agora se humanizou. Talvez, privada de sua energia habitual, deixe revelar-se outra pessoa.

Quero ajudar Evelyn a entrar na realidade: qual é, porém, a sua realidade agora?

Não sei como falar em Cristiano. Posso chegar para ela e gritar: seu filho morreu, ouviu? Seria maldade. Deixarei que o tempo se encarregue disso. O tempo resolve tantos problemas!

Agora Aretusa se anima, fala da infância, das dificuldades que hoje em dia passa com a mãe, conta a história da sacola de guardados, a velha já está com um ombro mais baixo do que o outro. Imagino-a tentando pateticamente recompor sua vida numa sacola de pano velho.

Falamos em nossas casas e trabalhos; Aretusa conta casos da escola onde leciona; digo que meus dois filhos já são homens, trabalham e estudam, não me dão problema. Evelyn escuta acariciando o boneco, que não larga. Mas não a censuramos. Somos dissimuladas, seríamos capazes de concordar com a cabeça se de repente dissesse que Cristiano está lá fora no balanço.

Acho que estamos hipnotizadas pelo desespero de minha irmã; por toda a atmosfera desta casa.

Conto que andei reformando meu jardim, mostro as mãos ásperas de lidar na cozinha, na terra. Aretusa se anima outra vez, diz que quando arrancarem aquele toco do pátio Evelyn poderá mandar fazer canteiros, plantar.

Minha irmã concorda, distraída.

Estamos as três sentadas num pequeno círculo. Trocamos receitas e conselhos, falamos de jardins.Tudo amenidades.

De repente lembro uma expressão esquecida há muitos anos. Como era mesmo, aquele jardim? Ah... Jardim das Hespérides. Uma lenda que encontrei num dos livros que não largava na meninice. Hoje leio menos; antigamente vivia mais nos livros do que fora deles. Como era mesmo a história?

— Aretusa, você se lembra do Jardim das Hespérides?

Ela me olha, interrompe alguma coisa que está contando a Evelyn, a mão pára no ar, no meio do gesto:

— Jardim de quê?

Não lembra. Mudo de assunto: nada, não era nada. Mas quando minha cunhada retoma o fio do que conversava com Evelyn, a lembrança vai-se recompondo. Um jardim; mulheres cuidando de uma árvore. Que árvore? Procuro lembrar: árvore do pecado? árvore da sabedoria? árvore da vida?

Não consigo recordar, mas havia um detalhe curioso: uma das mulheres se chamava Aretusa. Isso mesmo, Aretusa. Claro: quando li pela primeira vez eu já a conhecia e achei graça. No outro dia mostrei o livro, olha aqui de onde veio esse seu nome maluco!

Ela não deve ter ligado muito, ou não teria esquecido.

É isso que fazemos aqui com Evelyn: preservamos a árvore da mentira, do pecado da mentira, que para ela é agora a árvore da vida.

Cultivamos com ela, delicadamente, seu jardim de miragens.

•

Mais tarde conto a Aretusa o que acabei de lembrar; ela ri, diz que, mesmo depois de velha, continuo com mania de livro.

Talvez amanhã ela repita para suas alunas a lenda sobre seu nome; imagino que ela as fascina; adolescentes sempre gostaram de Aretusa!

Talvez uma entre elas reconstrua o sorriso radiante de Corália.

•

Visto a blusa limpa para o jantar, ajeito melhor os cabelos na nuca. O último ato, penso, braços erguidos prendendo mais um grampo. Aretusa implica com meu penteado, por que uso assim o coque na nuca? Envelhece dez anos!

Digo que não me importo, ela dá de ombros.

Berta deve estar preparando a comida. No seu quartinho dormem mulheres despudoradas. Poses obscenas, os sexos entreabertos. Sinto um arrepio de nojo e medo. Um dia contarei a Aretusa, talvez ela saiba o que significa essa mania numa velha. Vai ver, nem se escandalizará...

— Aretusa, você ouviu alguém correndo aqui em cima, logo depois que Renato deu aquele grito?

Ela está pintando os olhos; pára e vira-se para mim, lápis erguido. Está só de combinação: belos ombros, seios fortes, caracóis pretos. Medusa. Tem a minha idade, mas parece muito mais moça.

— Que passos? Foi sua irmã? O resto da família estava todo lá embaixo.

Quero dizer que não era Evelyn, eram passinhos de criança.

Depois finjo que é isso mesmo, claro.

— Cuidado, você ainda não tem cinqüenta anos e já vai começar a caducar?

Rimos juntas, mas ainda não me sinto melhor.

•

Quando estamos todos à mesa conversando, meu pai desce a escada com muita dificuldade, amparado em Berta e no corrimão. Por um momento os dois velhos parecem atracados num grotesco ato de amor. Fecho os olhos, por que sempre tenho de pensar nessas coisas?

Ele desaba com um gemido na sua cadeira. Levanto-me para ajudar Berta com as travessas, os cheiros familiares me animam um pouco, vou e venho carregando comida. Sinto uma aguda saudade de minha casa. Meu marido e meus filhos estarão requentando sobras do almoço que deixei preparado desde ontem? Meu marido detesta comida esquentada; mas como não come senão pratos que eu mesma preparo, e não gosta de restaurantes, não havia outro jeito neste fim de semana.

Tão distante o meu universo familiar, esfumado como se eu estivesse fora dele há muitos anos. E estou vagando por um presente igualmente irreal.

Sento-me e comemos, conversando como uma família qualquer. Penso, aliviada, é isso que somos: uma família qualquer. Afinal um velho pai senil não é tão raro; uma mulher deprimida com a morte do filho pequeno também é natural. Eu é que sou dramática. Aretusa tem razão: vivo tão encolhida no meu canto, entre minhas paredes, que qualquer desvio dos trilhos cotidianos me transtorna.

Até Evelyn está comendo. Deitou o Palhaço no colo e come feito uma menina educada. De vez em quando me olha e sorri brandamente. Fico comovida. Lembro a menininha que subia na minha cama e pedia, vamos brincar de mãe e filha?

Renato come devagar, calado como sempre. Parece que a cena com o pai no almoço não deixou marcas, eu receava que Renato nem aparecesse, mas está aí, apenas um pouco abatido. O Professor certamente esqueceu, agora esquece tudo.

Bruno conversa mais do que nas outras horas, pergunta-me com os olhos se não acho Evelyn melhor, sorrio tranqüilizadoramente tudo bem.

De repente, por uma ninharia, Aretusa começa a alfinetar o marido. Por que não o deixa em paz? A pacata cena familiar não podia durar muito. O mal-estar instala-se à mesa, estamos constrangidos, logo Aretusa começa a humilhar Renato com velhas censuras e acusações. Ele encolhe-se mais na cadeira, come de cabeça baixa. Às vezes desejo que reaja, que se levante, que aplique uma bofetada na mulher, que faça alguma coisa. Mas fica parado, ruminando a mágoa. Talvez sinta desprezo por si mesmo. Começa a beber mais vinho; quando se aborrece, bebe.

Eu tinha decidido não interferir, mas fico irritada porque a paz dura pouco, frágil, precária. Não me contenho:

— Aretusa, você não pode parar com isso? Já há tanto problema aqui, ao menos vamos comer em paz.

Ela responde com rispidez. Trocamos palavras duras, de repente me descontrolo, a tensão tem sido demasiada, não estou habituada. Desde que saí de casa, só aborrecimentos. E por culpa de minha cunhada, que teve a infeliz idéia de nos reunir aqui. Digo, a voz alterada:

— Você não desconfia que sempre estraga os encontros da família? Não desconfia que está destruindo a vida de meu irmão?

Falo e já me arrependo. Espio rapidamente meu reflexo no espelho, aquela não é a pacata dona-de-casa, é uma mulher má, cara cortada ao meio pela rachadura do vidro.

Meus lábios tremem, meu coração dispara, não gosto de discutir.

Renato vira-se para mim. Penso que vai me defender, quem sabe com meu apoio resolve uma vez na vida reagir e impor-se à mulher? Para minha surpresa, apenas diz:

— Alice, acho bom você não se intrometer.

— O quê?! — quase grito. — Você está contra mim?

Espantoso, penso, na verdade os dois estão contra mim. Eu, que sempre fui boa irmã para ele; eu, a confidente a quem Aretusa sempre contou seus casos, história de Corália...

Começo a me defender, mas Aretusa me enfrenta com olhar irônico, torna-se veemente:

— Não queira ser a palmatória do mundo, Alice, você tem obsessão de julgar os outros, já notou? Você não ama ninguém, nunca amou; nem o marido e os filhos você ama de verdade. Faz tudo por eles, banca a escrava deles, apenas porque tem medo da solidão. Você não ama ninguém!

Fico fora de mim: ela pode me atacar, mas não nisso, eu, que dediquei aos outros a vida toda, esfolando as mãos, esquecendo a aparência, levantando cedo todos os dias e me sentindo feliz com essa vida, isso mesmo — feliz.

Quero proclamar que sou feliz, mas Aretusa ainda não terminou:

— E não venha se fazer de santa, Alice, não venha! — O rosto de Evelyn está voltado para mim, expressão de assombro. Ou curiosidade? Será que Aretusa me odeia, será que Evelyn me odeia? Minha cunhada continua com uma alegria maligna:

— Você, sempre cheirando a fritura... a galinha-choca dos filhos... E seu pai aqui apodrecendo: onde foi que você andou esse tempo todo? Hein? Sua irmã meio louca de dor, e você, por pouco nem vinha, senti na sua voz, não tinha vontade de vir, apenas aceitou porque pegava mal se desinteressar completamente.

— Você não sabe o que está falando — retruco, indignada.

O que pensa meu pai, ouvindo-a dizer que ele está apodrecendo? Não olho para ele, não quero ver; grito para Aretusa:

— Como pode falar assim diante de papai?

— Seu pai conhece você há muito tempo, ele conhece a família que tem! Quantas vezes você o visitou nesses anos todos, desde que se casou? E quando Cristiano estava no hospital, quantas vezes passou a noite com ele, hein?

Respondo depressa que fiquei, sim, fiquei duas noites inteiras, mas sinto que é ridículo, pois Aretusa, apenas uma cunhada, ficou muito mais.

Olho ao redor, tento explicar, vejo pela expressão de todos que são desculpas pueris, acham que Aretusa tem razão. Está me desnudando de maneira vil.

Por que meu pai não me defende, ele que sempre criticou Aretusa por ser uma moça livre? E Bruno, que ainda ontem me pedia conselhos? E Evelyn, que me implorava para ser sua mãe? E Renato, a quem Aretusa só faz sofrer?

Minha revolta mistura-se com dúvida e insegurança: será que eles têm razão? Por que ninguém me ajuda?

Mas a isso nos habituamos desde crianças: a não sermos solidários, a não nos mostrarmos amigos nas horas difíceis. A pensarmos só em nós mesmos, era preciso conseguir proteção a qualquer preço contra os desmandos de nosso pai. O preço era a lealdade. O amor.

Fomos uma ninhada de cachorrinhos que brincam juntos mas logo são capazes de se dilacerar por um naco de carne. E na hora do perigo correm cada um para seu lado, sem olhar para trás — o outro conseguiu escapar? Ficávamos contentes quando a surra não era em nossas costas, o safanão

não era na nossa cara, não éramos nós a ficar sentados horas de castigo.

Crias sem mãe, num terreno baldio. Berta tentara nos acolher no seu avental fedorento, mas não dera certo.

Toda essa mágoa e essa solidão me cegam, me sufocam. Ataco de volta, é só o que posso fazer. Aretusa ainda fala, mas já não ouço o que diz. Minhas narinas inflam, tenho medo de olhar no espelho agora, estou tremendo violentamente, cheia de um ódio primitivo de que nunca me julguei capaz. Interrompo Aretusa, levanto-me, derrubo minha cadeira, ninguém faz um gesto para recolocá-la no lugar.

— Pare de me acusar. Afinal quem é você? Pensa que só porque teve outra educação, e é independente e trabalha fora, é melhor do que eu?

Ela me encara espantada ao ver minha reação, eu, sempre tão acomodada. Dou o bote então:

— Você uma vez me disse que destrói as coisas ao seu redor, e é verdade. Você estragou a vida de Renato; acabou com aquela menina, Corália, que se transformou numa morta-viva por sua culpa. Agora quer outra vítima? Não basta Corália?

Repito o nome bem alto, o mais devagar que posso. Os olhos de Aretusa escurecem de dor e ódio; grita descontroladamente:

— Não pronuncie esse nome, Alice! Você não tem direito! — Depois sua voz se quebra num gorgolejo rouco.

Ofegamos como bichos prestes a se dilacerar. Sinto novamente no ar o cheiro selvagem, o penetrante odor animal.

Aretusa vai chorar, penso. Vai querer se defender, mas vou desmascará-la e contar tudo, a vergonhosa história com a aluna, um escândalo assim na nossa família.

Na verdade, Aretusa nunca afirmou que *fez* nada com Corália... Mas quem acreditaria nessa paixão de anjos?

Minha cunhada não nega; não se defende como eu esperava. Em vez disso, ataca de volta:

— E você, Alice? A doméstica, a patetinha. Enganou a todos, até o marido, com essa história de que só faz o que ele quer, o marido não quer isso, não deixa aquilo... Ele só come a comida que eu mesma faço... Que ridículo! — Ela joga a cabeça para trás num riso feroz.

Não olho os outros, mas escuto a respiração conjunta, todos ofegamos, todos somos animais, até Evelyn, que mantém erguido seu plácido rosto — ainda plácido ou também se transforma num focinho astuto?

Acho que todos espreitam debaixo dos cílios para ver quem dará o próximo salto, Aretusa ou Alice? Talvez tenham inveja de mim, a única nesta família que não leva uma vida desgraçada, a única. E é o que atiro na cara de Aretusa:

— Você tem inveja de mim, inveja! É isso, tem inveja porque levo uma vida decente!

Ela solta outra risada aguda:

— Você? Mas que hipócrita! — O fel escorre entre seus dentes, se olhar bem verei a gosma verde, mas prefiro o espelho. Nele vejo Alice feia, desgrenhada, cruel, e por trás dela outro rosto, borrado, mas está lá, no nevoeiro, um rosto irônico.

O que está acontecendo comigo? Conosco? Somos uma família, por que estamos agindo assim? Nós nos odiamos, é a única verdade, nos odiamos!

Meu pai mantém a cabeça baixa, estará consciente do que acontece ao seu redor?

Renato brinca com a faca, Bruno passou o braço no ombro de Evelyn como para protegê-la dessa peçonha toda, e mostra um ar de profunda desaprovação. Ela continua hirta, atenta.

Será que viramos mesmo animais? Então Aretusa também se levanta, ergue os braços e grita:

— Esqueceu o que você fazia comigo no quarto antigamente, esqueceu? Quando a gente ficava sozinha? A santinha esqueceu, mas bem que gostava... Ah, como gostava! — Sua voz agora é um guincho, uma voz obscena; que animal guincha na minha memória? Ela continua. — O que a gente fazia? Não vá me dizer agora que era brincadeirinha de criança, porque não éramos mais crianças!

Não consigo falar, sinto náuseas, se abrir a boca, vou vomitar uma golfada de sangue na cara de todos. Estou acossada, um bicho acuado na toca não podendo mais respirar ou emitir um som.

Quero me jogar no assoalho diante de Aretusa, quero implorar, se for preciso beijo os pés dela, beijo e imploro, pelo amor de Deus, não diga isso, não fale...

Quero morrer. Sinto uma incontrolável vontade de morrer, e descubro que essa vontade não é nova, é antiga, muito antiga. Quis morrer dezenas de vezes, lidando na cozinha, carregando a sacola de compras, lendo sozinha na sala, vagando pela casa de madrugada quando tinha insônia, escutando meu marido roncar, ouvindo o ruído de sua mastigação, agüentando as brigas de meus filhos e disfarçando a dor quando me chamavam de velha.

Eu tinha outros planos para a minha vida, mas acabei sendo Alice, a coitada; a de mãos ásperas e coração agoniado. Troquei de dono quando me casei, fui para um proprietário menos exigente, menos violento — mas meu dono.

Todos são meus donos, até meus filhos; até Aretusa, que me possui porque sabe ou inventa meus segredos e através deles vai me destruir.

Quero morrer. Deitar-me embaixo desta mesa e deixar que me pisem e me esmaguem, e sangrar por todas essas feridas até o fim. Quero entrar finalmente fundo nesse corredor, ser sugada, tragada por aquele furinho; meu castigo, mereço meu castigo.

•

(Chamar a morte, esconjurá-la: venha agora, amiga, venha. Saia desse fundo de sombras, de onde você me espreita; estilhace o vidro, desmanche a cena, escureça a casa, beije o meu rosto imundo.)

•

Os outros continuam calados; imagino que a qualquer momento vão começar a gritar, a gesticular, mas estão paralisados. Respiram pesadamente, de que lado estarão? Nosso descontrole aliviou suas tensões, nossa dor os distraiu de seus dramas?

"Sim", pensam, "essas aí são muito piores do que nós, merecem o castigo, merecem!"

Olho para Evelyn: irmãzinha, você não tem piedade de mim, não tem pena de sua velha irmã? Será que também ela me examina por entre as pálpebras, vê o outro lado de mim?

Aretusa sai da sala, passos duros, como uma bêbada fazendo força para caminhar direito.

Quero me sentar. Adivinhando, Renato se abaixa, recoloca a cadeira no lugar. Esse gesto mínimo me deixa imensamente grata; mas é só o que ele faz em meu favor.

•

(Será que ele nunca viu, nos espelhos de Aretusa, aquele outro rosto, pele de alvaiade, cabelo de neve, baba escorrendo, será que nunca adivinhou?)

13

Quanto tempo ficamos assim, nós e os do espelho? Agora mal se ouvem as respirações; estamos nos acalmando. O ruído da mastigação de meu pai domina tudo, acho que ele não parou de mascar o tempo inteiro; não encara ninguém; talvez esteja longe daqui.

Aretusa inventou essa coisa horrível, claro que inventou, é o que quero dizer. Mas não tenho energia para falar. Passo a mão no rosto, ainda é o meu ou aquele cortado em dois no espelho?

Aretusa inventou tudo isso!

Ou será que foi verdade?

Era ela, os seios pontudos e o sexo pintado de louro, que me perturbava assim; suas histórias, seus gestos inquietantes; ela invadia a solidão da minha vida seca e miserável e esconjurava outra Alice. Não eu, a filha do Professor, criada com tanta severidade, não eu! Uma Alice suja, louca, pervertida, má. Uma cadela, seios balouçantes e sexo quente.

Começo a chorar em grandes soluços. Aretusa refletiu a imagem de uma Alice que ninguém conhecia.

Não acreditem nela, penso, mas não adianta falar.

Ninguém mais acreditará em mim. Invenções ou revelações, as palavras de minha cunhada são como ferro em brasa. Onde quer que eu vá, as pessoas me olharão pensando: então era isso que ela fazia?

Aos poucos controlo meu choro. Como os outros podem ficar tanto tempo quietos, sem defender nem acusar? Ou o silêncio é uma acusação? Limpo o rosto com um guardanapo, todos se movem, se agitam, arriscam um pigarro, uma palavra inconseqüente, de súbito todos falam ao mesmo tempo, até a voz de meu pai se ouve.

Ainda tenho o guardanapo sobre os olhos quando alguém toca em meu braço. Evelyn. Inclina-se sobre a mesa e diz docemente:

— Não chora, Alice. Ela não fez por mal.

Era assim que pedíamos desculpas uns aos outros quando éramos umas crianças escorraçadas: "não foi por mal".

Quando levanto o rosto e a contemplo, vejo nos seus olhos uma expressão falsa e maligna.

Não quero esse consolo. Não quero que me defendam, não preciso que me amem.

Nunca me amaram, por que o fariam agora? Não quero mais amigos. Não serei mais a boazinha, a decente.

Querem me ver nua? Pois vou me mostrar!

Afasto bruscamente a mão de Evelyn, que ainda pousa no meu braço. Pensam que agora é só dizer: "tragam a sobremesa", e tudo fica bem outra vez?

Levanto-me outra vez; a tensão é tamanha que me faz quase saltar da cadeira. Olho minha irmã, vejo-a como num desses espelhos ordinários que nos deformam. E então sou só maldade:

— Evelyn, quer saber de uma coisa? Estou farta do seu teatro! Você acha que é a única mulher do mundo a perder um filho? Cristiano está morto, Evelyn, convença-se: morto! E esse boneco nojento não vai substituir seu filho!

Evelyn encolhe-se na cadeira, como se eu lhe tivesse enfiado uma agulha no ventre. Dobra os braços sobre o peito, Bruno puxa-a mais para si, fala com ela, diz qualquer coisa, quer levantar-se, decerto vai levá-la para cima. Mas ela também o afasta, irritada. Sua máscara de dor se decompõe, agora é uma máscara perversa. Bruno recolhe o braço, um gesto de quem se cansou de jogar, agora que tudo se dane!

Minha irmã endireita o corpo; apruma-se; perde o jeito acabrunhado. Fixo o olhar, depois de limpar as lágrimas com a mão. Evelyn continua sentada à minha frente, eu estou de pé. Ela ergue para mim o rosto fino, tem o olhar do ser que corre lá em cima, com passos miúdos, espiando em todos os quartos.

A voz é grave, forte:

— Acabou, Alice, agora tudo acabou. Você pensava que estaria segura na sua vida confortável enquanto os outros iam se desgraçando? Não, você não está segura. Ninguém está.

Ela se interrompe, como se fraquejasse ou fosse desmaiar. O rosto envelhece a cada segundo. Mas controla-se e, agarrando nos braços o Palhaço, prossegue:

— Pensa que Aretusa já revelou tudo? Ela é louca, sim, é uma ordinária, mas o que é que todos somos? Sei de tudo, Alice, lembre-se: sei de tudo. Sei a história de Matias!

Seguro-me na mesa para não cair, foi como se ela cuspisse na minha cara. Gaguejo, peço a Renato, a Bruno, a meu pai, a Berta que deve estar atrás de mim, levem-na daqui, tirem Evelyn daqui, ela está louca!

Ninguém reage. Bruno contempla a mulher com espanto.

— Eu sei da história de Matias! — repete ela, triunfante.

Fecho os olhos, escondo o rosto com as mãos, cambaleio e vou cair. Escondo o rosto úmido e quente, não, não é um rosto, é um focinho! Sujo, o bafo ardente. Um focinho.

— Está vendo, Alice? Até o nome dele guardei!

Não digo nada. Tapo meu focinho e espero a morte.

— É a história mais ridícula do mundo! — a voz dela se esganiça outra vez. Vocês não sabiam, mas eu sabia! Alice, a boazinha, a dona-de-casa honesta! Ela tem um amante. Isso mesmo, um amante! Pensam que não é possível, mas é possível sim, é verdade! Um amante que se chama Matias, ela mesma me contou. O que faz com ele a cada momento, o que sente, uma vergonha! Ela tem um amante! Finge de santa mas foge de casa e vai trepar com outro homem, vai trepar!

Todos os rostos estão grudados em mim, bocas abertas, todos iguais como bonecos.

Baixei as mãos, continuo em pé diante deles, mostro o rosto sujo para que olhem bem e cuspam nele.

Ninguém diz nada. Não estão chocados porque trepo com outro? Não têm nojo de mim? Não têm pena?

Talvez agora me acolham melhor no seu meio; estamos todos igualados, não passamos de animais condenados.

•

Meu Deus. Por que fui contar a ela sobre Matias? Tateio com as mãos para baixo e para trás, ajeito sozinha a minha cadeira, deixo-me cair sobre ela, puxo a saia sobre os joelhos, agora ninguém me ajuda nem com o gesto mais trivial.

Faz tempo que contei tudo a ela. Foi numa noite em que estávamos no hospital, ao lado de Cristiano que morria. Não devia ter falado, mas falei, pensando que Evelyn se consolaria com minha dor, minha desgraça; que se sentiria menos culpada pelo acidente de carro se soubesse que também eu tinha minhas culpas. Uma cadela como as outras.

A morte rondava no corredor, na noite interminável; um sono de chumbo, só angústia no coração, passos esgueirando-se, e o medo rosnando atrás de cada porta... E a solidão. A irrealidade de tudo, minhas mãos ásperas cheirando a cozinha seguravam a mão fina e branca do menino que ia morrer; um menino sem pernas; a mãe enlouquecida de dor desfiava o rosário de suas culpas: "por que saí de carro, por que levei o menino, por que não cuidei, por que freei, por que não desviei... o que é que eu fui fazer, meu Deus?"

Então comecei a falar de Matias. Eu não sabia o que estava fazendo, só queria ajudar abrindo minha alma, "eu também sofro tanto, somos irmãs, Evelyn".

A morte estava fora da porta, logo ali, morcego de asas pesadas. Que diferença fazia um segredo ou uma mentira a mais?

•

Um amante: aquele cujo nome eu murmurava com voz rouca e hálito ardente, sentada sozinha na sala de madrugada, desejando um espelho grande onde pudesse me libertar e finalmente viver.

Naquela noite com Evelyn falei; contei detalhes; perdi a vergonha, insisti, revelei... como era doce com Matias, eu disse isso, "como é doce!"

Doce como nunca fora com meu marido, que agora me procurava raramente e sem emoção; desde o começo a gente se acostumou a não ter grandes ardores, e eu preferia assim. Achava meio esquisito aquele homem um pouco gordo, calvo, dizendo e fazendo coisas desajeitadas e brutais.

Preferia vê-lo ao meu lado, de chinelo, lendo jornal, sem imaginar sequer quem era a sua verdadeira mulher... a amante de um homem chamado Matias.

Por que contei a Evelyn no hospital? Agora estou aqui, nua na frente de todos.

Os outros continuam calados, esperam algo mais, ainda não basta?

Evelyn não terminou, também sinto isso. Mantém todos presos em seu rosto duro, a pálida boca estreita abre-se outra vez:

— Mas o mais engraçado vocês ainda não sabem — voz de menina a quem roubaram o brinquedo mais amado, agora vai se vingar. — Vocês nem adivinham!

Respiro fundo. Não, não vou gritar. Não quero me defender. Estamos todos empalhados, não somos reais. Fantoches brincando de juízes num fim de semana.

Tentei ser juiz deles a vida toda, por isso me odeiam secretamente? Eu, que sempre me considerei boa e decente, a dona-de-casa cumprindo seus deveres, esfolando as mãos, ressecando a alma, dia a dia. Os bons são juízes dos outros até quando escovam os dentes.

Agora eu passara a ré. Evelyn pronunciou a sentença:

— Tudo isso, esse amante, essa sujeira, essa traição, foi inventado. Invenção dela! — grita por fim, num grande gesto, como se quisesse arrancar do meu corpo o último farrapo.

Bruno solta uma exclamação; Renato leva a mão à boca, como se abafasse um arroto; meu pai inclina a cabeça fortemente para o lado, como se fosse tirar água do ouvido, mas escuta o que julga ter lá dentro, os bichos se remexem embolados. Terão perninhas?

Renato vira-se para mim e diz, em tom acusatório:

— Alice! Alice!

Depois, silêncio.

Tive mesmo um amante? Rolei com ele em leitos escusos, em lençóis alheios? Ou fui tão infeliz que precisei inventar minha própria infâmia? Faz diferença saber?

Olho minhas mãos, é só isso que agora tenho coragem de olhar. Não sei se os outros me encaram. Não sei o que Evelyn está fazendo. Sei apenas que todos queremos nos recompor, queremos recompor o quadro familiar, não queremos ser animais, não queremos ser loucos ou sujos.

Mas não conseguimos: temos a sensação de que Evelyn ainda conserva na boca uma última pedra, que está prestes a cuspir.

•

Há então um momento; num lapso de tempo recortado no fluir dos relógios, ficamos prisioneiros como neste espelho que, mesmo quando não o contemplo, mantém a cena à minha disposição. Por trás, lampejos, cochichos, agitaçao.

Nesse instante, todos ouvimos uma grande voz. Que voz é essa? Fora de casa, um rumor como de ramos poderosos inunda o pátio, derrama-se pela janela, um sopro que revolve nossos cabelos.

A essa respiração fantástica mistura-se o fervilhar da vida subterrânea, as raízes imortais que expelem sua seiva pelas frestas do pátio e da noite.

É absurdo. É impossível. Mas estou ouvindo, todos estamos ouvindo: uma árvore decepada farfalha com suas ramadas inexistentes. No galho mais forte embala-se um menino sem pernas; a pobre mãe demente o empurra enquanto com a outra mão segura um boneco de pano.

Todos nos entreolhamos: devagar e já sem ódio, procuramos uns nos outros a explicação que não podemos nos dar. O que foi isso, o que foi?

•

Também Evelyn escutou; pestaneja; abre mais os olhos. Por um momento deixa de me encarar com o olhar mau de suas pupilas de alfinete.

Então ela sente aquele sopro.

Depois o silêncio se gruda na casa toda; no pátio; em nós. E fechamos nosso coração: "dorme, dorme, mamãe já vai voltar."

•

Evelyn põe-se de pé como se fosse declamar um poema. Uma cega que não conhece bem as dimensões de seu espaço. Passado o instante mágico, volta a me encarar, boca apertada como um ferimento talhado a gilete: fino e mau.

E como se a enfurecesse ainda mais o fato de eu não reagir, estende para trás o braço que segura o boneco do filho morto; arremete e joga-o com toda a força na minha cara.

Grita num desespero de bicho acuado:

— Cadela!

Vira-se e sai correndo, com Bruno atrás, chamando por ela.

Nós todos ficamos imóveis. Nós três: o Professor, Renato e eu. Berta deve estar parada na porta da cozinha: não perderia tamanho espetáculo por nada desse mundo.

Vou recuperar a calma; daqui a pouco voltarei ao normal, tudo voltará ao normal. Vou enterrar esse fim de semana no esquecimento, na fresta escura, tantas coisas já esqueci; não esqueci até o rosto de minha mãe?

Vou apagar mais isso; vou perdoar.

Renato começa a bater de leve com a faca na beira do prato. Tlim, tlim, tlim... Brincava desse jeito quando éramos crianças, certa ocasião nosso pai irritou-se e sem aviso lhe deu um tapa na boca; Renato passou parte da noite com um lenço molhado em salmoura sobre os lábios.

Mas desta vez o Professor não se mexe. Não deve estar ouvindo nada aqui fora. Se agora ele disser: "Estão se mexendo", acho que vou gritar.

Mas ele não fala; está empalhado; um pássaro louco de bico torto. Dois pássaros empalhados: um na sala, outro no espelho.

Renato pára com o ruído e diz baixinho:

— Evelyn está doente. Tem de se tratar.

Faço que sim com a cabeça, ainda não recuperei a voz; mas as lágrimas não escorrem mais pelo meu rosto.

Berta chega e ajuda meu pai a subir para o quarto; lá vão abraçados escada acima. Renato diz boa-noite, sem jeito, talvez queira pedir desculpas em nome de Aretusa, mas para quê?

Fico sozinha à mesa, fazendo bolinhas de miolo de pão. Vou ajeitando algumas sobre a toalha, este é o pai; esta é Evelyn; aqui fica Renato; ali Aretusa, aqui Bruno; esta sou eu.

Um lugar vazio: minha mãe.

"Não chore, Alice," digo àquela que me contempla no espelho, "vai ficar tudo bem". Quem terá feito a rachadura oblíqua?

Talvez a força do ódio de Berta; o desespero de Evelyn; a amargura do nosso pai; a dor de Bruno, que arrisca sua sanidade para entrar no jogo da mulher amada.

Ou foi Cristiano jogando ali algum brinquedo?

Ele não fazia dessas artes quando estava vivo. Mas nunca se sabe do que um menino morto é capaz.

•

"Você teve mesmo um amante?", pergunto à do espelho. Endireito o corpo, estava tão rígido que agora, descontraindo-se um pouco, dói. "Teve um amante?", insisto. "Ou foi só invenção, loucura sua?"

Ela não responde. Talvez dissesse: "não faz diferença." Haverá uma resposta no fundo de seus olhos, se eu a encarar por mais tempo? Haverá um chamado, um oferecimento, "se você quiser eu venho, eu venho, eu venho"?

Há tantos anos não experimento o antigo jogo: aquela mulher alada ainda existirá?

Por fim levanto-me e, dando o primeiro passo, piso num objeto mole. Um guardanapo no chão? Inclino-me para pegá-lo.

O Palhaço. Foi jogado na minha cara e caiu ali. Evelyn esqueceu-se dele? Abaixo-me mais, não consigo libertar o pé desse estorvo, vejo que enfiei o salto bem no meio da boca, do riso arreganhado.

Seguro-o com a mão e num arranco tiro dali o boneco empalado. Sento-o sobre a mesa.

Ele fica encostado na jarra de água, sobre a toalha com nódoas de vinho. Ali está, desabado para diante. Da boca rasgada escorre um chumaço de algodão sujo.

Quando saio da sala, volto-me para ver outra vez: um gnomo vomita sobre a nossa mesa.

14

Há uma toalha limpa sobre a mesa no café da manhã. Não pergunto a Berta o que fez com o Palhaço; nem se foi ela quem o encontrou.

Apenas Renato, Bruno e eu estamos na sala. Berta vai e vem, depois sobe com uma bandeja para Evelyn. Meu pai deve estar dormindo; Aretusa nem se mexeu quando me vesti e saí do quarto.

De madrugada, quando eu começava a adormecer, desabou um temporal; desde então chove intensamente.

Estamos calmos e compostos. Nada temos a ver com as criaturas que ontem se desnudaram mutuamente, arrancando máscaras, rasgando carnes, lascando unhas. Somos apenas três pessoas comendo diante de um espelho rachado.

Foi tudo um jogo de espelhos: nossas imagens defrontadas numa série interminável, multiplicando rostos, como nesses corredores espelhados em que tudo se torna possível. Reflexos de reflexos de reflexos: eis o que somos. Agora que descobrimos isso, despertamos para a lucidez da banalidade. Estou aliviada: logo vou pegar o táxi, entrarei no ônibus, chegarei em casa a tempo de preparar o almoço e fazer os serviços normais de uma segunda-feira.

Claro que pedirei notícias daqui ao telefone. Berta se queixará de que as lajes no pátio entortam cada vez mais, há de encontrar um daqueles brotinhos de árvore até entre os ladrilhos da cozinha; não será problema meu.

Bruno vigiará o jardim onde Evelyn preserva o filho vivo; se ela mandar dizer que Cristiano passou a noite com os pés gelados, prometerei tricotar um par de meias para ele.

Talvez antes de dormir Renato rasteje para a cama da mulher: quer ser minha mãe, quer? Corália, porém, espia de longe e Aretusa não pode ser feliz.

Meu pai irá sendo povoado por seus bichos, os companheiros que enfim conseguiu ter. Berta aguarda o desfecho, recortando símbolos de algum amor tenebroso.

Eu levarei minha vida comum, dona-de-casa, mulher que vive para a família, lida na cozinha, tira poeira dos móveis, anda na rua com sacolas de verduras, às vezes sofre de insônia, coisa perfeitamente normal.

Renato parece sem jeito quando pergunto se não ficou dolorido, duas noites no sofá da sala. Tudo bem, ele diz: tudo bem.

Bruno comenta que Evelyn dormiu melhor, a chuva forte dava vontade de dormir.

— Acho que ela se recupera — diz. — Você me alcança o açúcar?

Dou-lhe o açúcar. Tão fácil conviver quando águas paradas recobrem tudo. O mundo voltou a ser ordenado, tal como precisamos que seja. Se admitirmos o vórtice, o abismo, o subterrâneo por trás dos espelhos, nossas bocas hão de se escancarar num grito.

— Mãe! — chamaremos agoniados.

Olho para Renato: ou foi "Deus" que ele chamou?

•

Aretusa desce a escada em seu robe de cetim; um pouco desalinhada, cara de sono. Passa a mão no cabelo do marido, que sorri sem levantar o rosto. Ela acende um cigarro ainda antes de comer, faz um sinal para mim, afetuosa:

— Feliz por voltar para casa?

Aspiro cigarro e jasmim:

— Feliz.

— Passa o leite? — pede Aretusa.

Pego o bule. A mulher do espelho repete meu gesto, gesto atávico, maternal: o leite.

— Numa hora em que meu marido estiver de bom humor vou pedir para colocarmos um espelho grande na sala. Dizem que dá impressão de mais espaço. O que você acha?

Ela sacode para trás o cabelo de Medusa; despeja o leite na xícara; não diz nada.

Sorrindo, volta para mim os olhos dourados — que refletem duas pequenas Alices.

Este livro foi composto na
tipologia Electra, em corpo 10.5/15,
e impresso em papel Pólen Bold 90g/m²,
no Sistema Cameron da Divisão Gráfica
da Distribuidora Record.